主编　凌翔

土生土长

郑永涛/
著

天津出版传媒集团

天津人民出版社

图书在版编目 (CIP) 数据

土生土长 / 郑永涛著 . -- 天津：天津人民出版社，
2021.10

（当代作家精品 / 凌翔主编 . 散文卷）

ISBN 978-7-201-17684-0

Ⅰ.①土… Ⅱ.①郑… Ⅲ.①散文集—中国—当代
Ⅳ.① I267

中国版本图书馆 CIP 数据核字（2021）第 188233 号

土生土长
TU SHENG TU ZHANG

出　　版	天津人民出版社
出 版 人	刘　庆
地　　址	天津市和平区西康路 35 号康岳大厦
邮政编码	300051
邮购电话	（022）23332469
电子信箱	reader@tjrmcbs.com

责任编辑	岳　勇
封面设计	陈　姝
封面题字	李景臣
封面插图	郑永涛
主编邮箱	jfjb-lx2007@163.com

印　　刷	三河市金元印装有限公司
经　　销	新华书店
开　　本	710 毫米 ×1000 毫米　1/16
印　　张	13
字　　数	200 千字
版次印次	2021 年 10 月第 1 版　2021 年 10 月第 1 次印刷
定　　价	45.00 元

给式微的乡村书写注入新的力量

——郑永涛乡土散文集《土生土长》

凌仕江

作为一个生于故乡、长于故乡、离开故乡，后来又回归故乡的作者而言，如何书写他的故乡，这意味着两种可能：一是偏见的危险，二是可喜的期待。青年作家郑永涛的乡土散文集《土生土长》，似乎不能让我作一次单项选择的审美，而是在这两种基调之上树立起一种风险与平衡的挑战。

这是当下许多故乡书写者缺失的勇气！

郑永涛的笔名土生，像生生不息的大地一样，散发着浓烈的泥土味儿，这也决定了他写作的方向将与乡村发生绵延不断的关系。尽管他曾北上参军，南下求学，有过远离故乡的漫长经历，但这个土生土长的冀南平原少年，一路行吟，不忘初心，始终执着于对故乡的坚守与书写，这是信息爆炸时代难能可贵的存真写作。

据郑永涛回忆，他是在读高中时从《解放军报》上了解到我的经历的。后来他怀揣梦想参军入伍，始终没有停止过读书和写作。退伍后，为给自己的文学梦打下坚实基础，他冲破重重阻力，来到了大学求学。读大学中文系时，郑永涛还在创作中引用了我散文中的句子"天天天蓝，与谁都无关；天天天蓝，与谁都有关"。那时，通过博客，两个有着军人身份的人便因文学赐缘相识了。有时我想，在这漫长的时光与琐碎的生活缝隙中，我们的联络到底都谈了些什么？太多内容已记不起来了，但有一条不可忽略的线索，一定离不开写作。

可能这就是人与人不容拒绝的缘分天空。我想，这也是答应替他即将出版的乡土散文集写序的原因所在。

之于河北的许多读者而言，郑永涛的散文作品并不陌生。因为经过多年的磨炼，他已经完成了由一个文学爱好者到一个作家的准备与蜕变。其间，他的散文作品有过不俗的表现，曾在国家、省、市级报刊上发表两百余篇，并被收入多种文学作品集，部分作品被选作中学语文阅读理解题。这是他的故乡冀南平原之所幸，有一个文学赤子以一个守望者的身份在替她热烈歌唱，这是郑永涛与故乡的深情相拥。因此，从一个人的故乡到更多人的故乡，郑永涛的书写便有了不同于他人故乡的辨识度。在《土生土长》这部乡土散文集里，郑永涛将自己的目光，瞄准故乡的风物与人物命运，还有自然万物与亲情纽带下凝固的个人情感。即使是描写乡村变革中遇到的无奈与阵痛，以及那些格格不入的熟悉的陌生人，他依然给予了一种人文关怀。

比如落雪、月色、花糕、年灯、暖袖、布鞋等，这一派寄居于北方生活的乡村俗谱，在郑永涛的笔下都有着很强的画面感，十分具有俄罗斯"巡回画派"现实主义艺术家列宾的清晰质感。尽管郑永涛笔下没有掺和《伏尔加河上的纤夫》那样的现实批判，但他却让我看到了俞平伯"忆"中所有的只是薄薄的影罢了。笔调处处，满满的温情，但不铺张，仿佛年少的心事，装不下太多伤痕。还有他笔下的拾粪老人、光棍汉、算命先生等，这些人和事，皆以朴拙的笔调呈现不事张扬的原生活面孔，让人仿若看到了耳目一新的一帧帧乡村生活图景。这久远的物象，读来无不令人怀念和眷恋美好的已逝从前。

文学创作是一件需要一生去储备的事，一个人平时做了多少准备，在他的笔下都是显而易见的。通过"故乡风物""乡人面孔""往事如歌""血浓于水""生活哲思"五个篇章构成的这样一部作者的成长史和冀南平原的心灵秘史，让我们看到了郑永涛的心路历程，从青涩到成熟，一路荆棘，一路隐忍，一路挣扎，一路奋进，在刹那的情怀里，如流淌的春水，漫过碧草青青的山坡，最后敬献于文字的故乡，让读者沿着他提供的密码，去解构或认知冀南平原那片多情的土地。

近年来，随着新型城镇化步伐的全面加快，乡村振兴战略的深入实施，各级作协对新时代乡村题材创作的积极推进，乡土文学在新时代迎来了新的春天。期待郑永涛继续创作更多的优秀作品，让读者获得更多的希望与力量。

是为序。

二〇二〇年七月二十二日于成都·藏朵舍

（作者系中国作家协会会员，国家一级作家。第四届冰心散文奖、第六届老舍散文奖、《人民文学》游记奖获得者。）

目　录

第二辑　乡人面孔

第一辑　故乡风物

水墨村庄

久久不回老家的我，中秋节时总算是回来了。对于久居城市而又习惯于城市生活的我来说，也许也只有像这次这样在必需的时候才会回老家一趟了。故乡，渐渐成了我常常想起而又时刻不放在心上的一个地方。

八月十六的深夜，家人都已熟睡，望着窗外如水的月色，我却怎么也睡不着了。一时兴起，我决定到村子里去走走，于是便披衣出了门。

月下的村庄，真是一个宁静而诗意的水墨世界，一幅韵味无穷的水墨画。圆圆的明月高悬在深蓝的夜空，将干净的清辉泻在安静的村庄。行走在宽宽窄窄的街巷里，踩着清清的月光，仿佛是走在一块块的轻纱上。月光将房屋和院墙的影子斜切在地上，高高矮矮，长长短短。榆树、枣树和槐树们将筛碎的月光洒在地上，就像是洒下了满地的银两。茂密的树叶闪闪发光，将一个月亮变成了千千万万个小小的月亮。沉默的老屋在月光下显得更加慈祥，似乎就要诉说起过去的故事。院落里的高树上歇息着一些个白白的鸡，它们自顾埋头睡着，似乎已消受够了这美丽的月色。月光照在静谧的庙宇上，使庙宇显得更加神秘而深邃。月光将我的影子斜投在地上，使我单薄的身影更显消瘦……

此时的村庄并不是寂静无声的，而是伴着秋虫们低低的吟唱。这吟唱融在每一缕的月光里，渗在这水墨画的每一滴水墨里。此时的村庄也不是凝固不动的，而是有着我执着寻找的脚步。我虽是独自彳亍，却并不感到孤独。

不知不觉间，我已走到了村外的河边。放眼向田野望去，辽阔的田野一眼望不到边。月光斜铺在田野上，斜铺在墨绿的庄稼上，绵延向远方，绵延向天边。一块块的庄稼静静地沐浴着月光，默默地进行着收获前最后的生长。一棵棵树木散落在田野里，一边享受着月光的滋润，一边守护着待收的庄稼。一条条白白的乡间小路延伸向远方，勾画出了大地曲曲折折的脉络……

行走在河边的林荫小道上，忽听得远处窸窸窣窣的声音，像是有人在劳作，走近了看，原来是一个僧人在用铁锹平路。这位僧人想必是邻村寺庙里的，四十多岁的样子，穿一身灰色僧衣，上衣系在腰间。我知道他是在做善事，在行善，于是便没搭话走了过去。小小的意外之余，我感到一丝禅意正在这个村庄，在这幅水墨画中蔓延浸洇开来……

回到家中，已是后半夜了，我却依然久久地沉醉在月下的村庄里，沉醉在意境幽远的水墨画中。这久违的月色，才是纯正的月色，才是真正的月色呵。

如果这村庄是一幅水墨画，那么我就是这画中久久不愿离去的人……

雪落故乡

　　我的故乡是一望无际的冀南平原。在这片古老而深情的黄土地上，生活着一代又一代有着和黄土一样肤色的故乡人。他们世世代代在这片黄土地上劳作、拼争、繁衍，一代一代直到今天。他们的生活是艰辛的、悲苦的、悲壮的，就如一曲高亢而撼人心腑的陕北民歌，这歌声里浸着生活的酸甜苦辣，浸着滴滴的血、汗和泪……

　　在冰凉而又坚硬的冬天，会有一场一场或大或小的雪从天而降落在这片广袤而苍凉的黄土地上。而这将黄土地的世界装点成童话世界一般的无比圣洁的雪，便成为上天赐给故乡人的唯一的一点浪漫……

　　在一个平常或不平常的冬日，当从西伯利亚滚滚而来的寒流铺天盖地地侵袭这片黄土地的时候，这片天地便灰暗了，更加寒冷了。当厚厚的阴云渐渐孕育成熟的时候，一片一片的雪花便从阴云里坠下来轻轻地飘向大地的怀抱。它们就像一个个的小精灵，就像一个个的白衣小天使，静静地、轻盈地从天上降落下来。当它们落在地上、屋顶上、树枝上的时候，会轻轻地砸出很小很轻的簌簌声。这轻微的簌簌声是雪花的低语，不用心听是听不到的。雪花越来越多，越来越大，渐渐地便盖满了地面，然后再渐渐地加厚。于是一个枯寂而苍凉的世界便渐渐地变成雪白，变得浪漫……

　　而最浪漫、最令人惊喜的是夜里落雪。当静静的冬夜渐渐地深了，房屋里的人们渐渐地进入了暖暖的梦乡，一直等在浓云里的雪花们这时候却悄悄地出发了。它们成群结队地不出声儿地飞出云层飘向大地，故意不让人们察觉。夜，静悄悄的，轻轻的簌簌的落雪声并没有打扰这夜的安静。雪花们就这样毫不出声儿地飘落着，像是在进行着一场善意的埋伏。一夜过去了，这一场埋伏便也圆满地完成了。蒙蒙的窗玻璃由阴暗渐渐转为灰暗，进而又渐渐地转为明亮，一个新的黎明到来了。当人们做够了冬夜的美梦睁开惺忪的睡眼，不经意间觉察到窗玻璃上结了厚厚的一层冰花。是下大雪了吗？于是赶紧起床看个究竟。"吱——嘎"一声拉开厚厚的木头门一看，呀，下大雪了，好大的一场雪！振奋、惊喜、浪漫，绵绵的大脑一下子被冲刷得无比清醒。于是赶紧拿起铁锹和扫帚到院子和过道里去扫出一条窄窄的小路来……

　　落了雪的故乡是洁白的、美丽的、浪漫的。落了厚厚的一场雪后，整个世界一片雪白、洁净、素淡、迷人，就像一个童话的世界，像是变成了雪国，使人感到浪漫。院子里，厚厚的雪平铺在地面上，使地面变得纯净而可爱，令人禁不住想踏上去咯吱咯吱走几步。院子里有什么东西，此时都凸现得格外显眼，它们头上都顶着一撮儿、一条儿或一片儿的雪，而雪下就是它们的明显的真实身影。平房上的雪是平平地铺着，瓦房上的雪是斜斜地躺着，都像是戴上了一顶矮矮的帽子。一条条树枝上的雪也是一条一条的，弯弯曲曲，时而会有枝条因承受不住重压而使它身上的雪哗啦啦脱落下来。空气是冰凉凉的，然而却格外清新、洁净，吸进肺里使人感到舒爽。走出院门，走到村头向原野放眼望去，平坦的原野白茫茫一片，一眼望不到边际。厚厚的雪就像是一条雪白的巨大棉被，抚盖着如孩子般熟睡的麦苗。原野里静静默立着一棵棵的树，在雪的背景的映衬下，远远望去就像是一幅幅素淡的水墨画。原野尽头那道天地间的地平线，此时则是一道灰白的雪线悬在天地间，似是一条挂在远方的希望……

　　而到了夜晚，这雪景也是别有一番风韵的。雪是白莹莹的，像是发着微微的光，将黑夜的世界映得淡淡地白，即使是阴天没有一丝的月光和星光，在院子里和野外也能照常活动。而如果是月夜，那就更亮、更美了。皎洁的月亮悬在深蓝的夜空，将清清的月光静静泻在铺满大地的雪上，而细如粉末儿的雪花则会将月光散射向四面八方，将大地上的一切都映得白白的，甚至能在雪面上看到月亮清晰的倒影。一切都是那么洁白，一切都是那么静谧……

夜里下了雪，清早人们都会早早地起来扫雪。雪下得薄只用扫帚扫就行了，下得厚了则还要先用铁锹清一清。从屋门口出发，往院门口扫一条小路，往厕所门口扫一条小路，在过道里扫出一条小路。小路瘦瘦的，自然地弯曲着，就像是用铅笔在一张洁白的纸上画出的一条条优美的线条。平房的房顶是怕雪融上冻的，因而最后还要上房扫雪。常常扫雪的会在过道里碰面，于是一个便会说道：夜里的这场雪可真大呀！另一个应道：是呀，真大，来年的麦子又能有个好收成了！

　　下了雪，孩子们是最高兴的，打雪仗、滚雪球、堆雪人，那么冷的天也会玩得头上热气腾腾的。雪，是上天赐予这些乡村孩子们的最纯净、最浪漫、最神奇的玩具……

　　故乡人的黄土地里的生活是艰辛的，甚至是残酷的。这艰辛和残酷使故乡人学会了勤劳、隐忍和沉默，使他们的心灵变得沉重、踏实而粗糙。他们的生活里几乎没有什么浪漫可言，有的只是沉重而龟裂的生活。而这从天而降的精灵般的雪，则是上天赐给故乡人的唯一的一点浪漫，使他们觉得浪漫，觉得新奇，觉得喜悦。然而，即使是这一点点的浪漫甚至也让故乡人不能习惯，让故乡人受宠若惊，他们太习惯那艰辛而劳苦的生活了啊……

　　这雪，也是懂事的、体贴的。冬天是体贴的，它让故乡人的艰辛生活中有了一个长长的假期。而雪还嫌故乡人休息不好，于是它们便从天上降落下来，使故乡人家门也懒得出，从而让他们好好地在家里休息一阵子，恢复恢复那因过度辛劳而疲惫的身体……

　　故乡的这片高天厚土共同哺育了这些淳朴的故乡人。他们一上一下，共同决定着故乡人的收成与命运。而雪，也许就是故乡的天与地交流的使者，当它们四散着轻盈地吻向大地的时候，或许就是要向大地传送上天的密信吧。而这信里，是不是就是来年的希望、生活的希望呢？

　　希望？是的，应该是希望，不然上天怎么会派那么美丽的雪花来传送密信呢？不仅如此，雪花们本身就带来了希望，它们就是希望。当它们像棉被一样盖在麦苗上的时候，那麦苗不就是已被赋予了蓬勃的希望么？只要有雪新的一年就有希望，只要有雪生活就有希望，只要有雪日子就有盼头……

而我坚执地认为，雪的寓意远远不止这些，它一定还有着更多更深的寓意，只是我们读不懂罢了。在雪面前，在天与地面前，我们永远都只是一群无比渺小的生命……

雪带来了什么？带来了浪漫，带来了希望，带来了春天。雪的远处，是春天……

故乡的花糕

即便是在这异乡，这年味也是越来越浓了。办年货的人越来越多了，零零散散的鞭炮声也越来越稠了。这时日，按传统的习俗，故乡也该到蒸馒头、蒸花糕的时候了，于是便又想起故乡的花糕来。

花糕，何物也？乃是一种用白面和大枣做成的专门用于供奉神佛的面食，通常在过年和其他重大节日的时候蒸，有时用得着的时候也要临时蒸。虽说是一种简朴的面食，然而其制作过程也是需要精工细作的。

进入腊月十七八，甚或是腊月二十，但更多的是在腊月二十三，故乡人便要开始相帮着蒸过年的馒头了，故乡旧时便有"年年腊月二十三，老灶爷奔上天"这么一说。故乡人把春节看作是一年中最闲散、最享福的日子，因而这馒头也是一蒸就是好多笼，一直能吃到过完小年。因为工程大，因而这蒸过年馒头可不是小活，需要乡邻们互相帮着才能顺利完成。蒸馒头的时候，男人们握着杠子压面、劈片柴、烧火，女人们则用灵巧的手来揉馒头、捏包子、做花糕。孩子们也是闲不住的，通常是搬搬东西、借借物件。就这样，在越来越浓的年味里，在飘着麦面香的屋子里，大家一边揉馒头一边说笑，半晌的工夫就揉好了满炕的馒头。若是蒸到了晌午，主人家就会做上可口的菜让大家就着刚出笼的菜包子、豆馅包吃饱了再走。蒸馒头的过程，其实就是人们享受年味的过程。

揉馒头的过程是充满趣味的，而做花糕的过程则更是奇妙无穷的。一团面和一些枣子，经过一双充满灵性的巧手的加工创作，居然能变成一件红红火火的艺术品，这是怎样神奇的一个过程。然而，这过程在这些巧妇看来也不过如此罢了。做花糕的时候，先擀出一张厚厚的圆饼来，然后安上去一些装饰了面皮的枣子，接着再盖上一层圆饼，最后用一个垫了面花的枣子摁在正中央，一个最简单的花糕便做成了。然而，若只是能做出这样的花糕来，巧妇便不能称其为巧妇了。花糕的样式可谓花样繁多，巧妇常常能以精美绝伦的花糕博得众人的惊奇和称赞。花糕或大或小，或高或低，上面或龙或鱼，或花或鸟，千姿百态，巧夺天工，令人拍手叫绝。

花糕是供品，故乡的妇人们用它来祈求神佛的保佑。这小小的火红的花糕，是黄土地里的人们苦难生活中的艺术创造，是他们对未来生活的希望，也是上天给予他们悲苦人生中的一点点的安慰和温暖。花糕融进了他们的技艺，更承载了他们对美好生活的向往，承载了他们的梦。花糕在他们的手下有了生命，有了生命的花糕又陪着故乡的人们走过了一代又一代，直到今天……

过年蒸馒头、蒸花糕的时候，其实还要蒸一些小玩意儿，包括刺猬、蛇、燕子和鱼。这些小玩意儿都有一定的说法，其实都寄托了人们的美好愿望。这些小玩意儿用手捏，用剪子剪，用梳子摁，最后按上黑豆或高粱籽作为它们的眼睛。胖胖的刺猬背上背着个大斗子，里面装满了金银财宝。它是财神爷，须放在门楣上用以招财进宝。蛇是财神奶奶，将它放在粮仓里，据说吃多少粮食也不会显少。燕子放在灶台上，据说女孩子吃了会像燕子一样心灵手巧。鱼是"余"的谐音，据说吃了以后家里会余粮多多。这些旧事都有很详细的说法，小时候我还常常踊跃地参与，只可惜这么多年过去，我已将它们都忘得差不多了。

年灯、年饼

　　年灯流传于我的故乡冀南一带，是用蒸好的黍子面做成的既可点亮祈福又可食用的年俗食品。而年饼，则是用蒸好的黍子面裹糖煎制的一种又香又甜又软的面饼，是过年时不可或缺的风俗年味。在中国民间，赋予食品以艺术性、观赏性的不在少数，然而将食品与灯融合在一起的却并不多见，由此可见年灯的独特性。而年灯之所以叫年灯，主要还是因为它是过年时才蒸做的。它在浓郁了年味、寄予了人们对美好生活的向往的同时，也与同是黍子面做的年饼一起，共同组成了故乡人春节记忆里的一道美味。

　　年灯是在元宵节时点的，但不是只点一晚，而是正月十四、十五、十六三晚都要点。十四晚上是试灯，十五晚上是点年灯，十六晚上叫点乏灯。元宵节这个关于灯的传统节日，在冀南一带也叫小年。在我的故乡，元宵节时不仅要点烟花、点灯笼，也要点年灯。因为十四晚上就要试灯，因此蒸年面、做年灯通常在正月十三进行，而且十三这天要蒸出三天用的全部年灯。故乡人说，十三蒸灯，扬场有风，是催人勤谨的一句谚语。妇人们将黍子面兑温水和匀，然后揉成窝头状放入蒸笼，蒸笼冒汽后蒸半小时即成年面。但这还不是成品的年面，须在这半成品年面上再撒些白面和匀，否则就会又软又粘，面凉后也会变得格外硬。年面蒸好后，就要将年面做成年灯了。揪一块年面揉成圆柱状，用刀切成一截一截，然后将一端蹾实作底子，将另一端用手捏出用来盛油的凹槽，这年灯就算是做成了。除此之外，妇人们还要用灵巧的手做一个鸭子样的年灯、一个鸡样的年灯和一个狗样的年灯，这三个年灯也都有油槽，不过只在元宵节的晚上点。

　　待到十四晚上试灯的时候，妇人们将棉絮卷成灯芯插入年灯的油槽中，接着把植物油倒入油槽并点燃灯芯，然后将这一豆豆光亮放到各个神位前敬以众神，祈求吉祥。元宵节的晚上，人们会点亮最多的年灯，不仅神位前要放，屋里屋外的各个地方、各个角落都要放，而且还要端着年灯认真地四处照照，因为故乡的人们相信，年灯的光亮可以祛除蝎虫病害，能够辟邪和祈求平安、吉祥。人们将鸭子年灯置于碗中放到水缸里，将鸡年灯放到锅台上，将狗年灯放到狗窝上。旧时的说法是，鸭子年灯熄灭时头朝向哪个方向，哪里来年便风调雨顺，鸡年灯可防锅台招引蚂蚁，狗年灯可护佑家狗平安。元宵节的晚上，家家户户、屋里屋外灯影闪烁，远远望去，一派祥和而温馨的景象。这摇曳的昏黄的灯光，温和而沉静，使人感到温暖，感到踏实。尤其是水缸里的鸭子年灯，驮着一豆灯光在水面上静静地浮动，映照出满盈盈的一缸光亮，清澈而安详，叫人留恋。小时候，我极为乐于参与点年灯这一年俗，也很相信先人们流传下来的说法。我端着年灯，会认真地照遍家里的角角落落，甚或茅房里也要照一照的。关于年灯，故乡还有一个说法，就是元宵节的晚上，头一次过年的婴儿要看七家年灯，而且是不同姓的七家，据说看过七家年灯之后孩子就会更加眼明、聪慧。于是，元宵节的晚上，年轻的母亲们抱着孩子急匆匆串门看年灯的情景，也成为故乡元宵节里的一道流动的风景。

待看完烟花回到家后，年灯大都已经油尽灯熄。人们会将点完的年灯收起，到十六清早烤杂病时用。烤杂病也是故乡的年俗之一，就是在正月十六的清早到家门外点起篝火来烤，据说烤过篝火之后身体就会健健康康，远离疾病之苦。在这烤杂病过程中，烤年灯是必不可少的。将年灯灯芯取出掷入火中，然后放到篝火旁慢慢烘烤，等到外皮烤到焦黄时，便要伸手快速地将年灯取回了。此时的年灯可是一道极为诱人的美味，外焦里嫩，味道香甜，孩子们是要争抢着来享用的。拽一块放入口中，或一口塞进嘴里，那个得意劲儿，绝不亚于得了一个红包。吃罢年灯后，孩子们嘴上都是黑乎乎一片，没有一个干净的，俨然一个个小包公。而之所以要烤年灯、吃年灯，主要还是为着护眼的说法。据说吃了烤过的年灯，眼睛会更加明亮，且不患眼疾。对于有关年灯的这些说法，我们没有必要去探究它们的科学性，它只是故乡人对健康、平安的祈求，是对新的一年的祈盼，寄予了人们对美好生活的向往。

说完年灯，就不能不说一说年饼了。做年灯其实用不了多少年面，蒸的半盆子年面，大部分还是用来煎年饼的。在故乡，煎年饼是妇人们的专长。从面团上拽下一块块年面，然后用一双灵巧的手包进红糖揉成孩子巴掌大小的饼状，接着再放进油锅中煎制。待年饼变成焦黄时，这香甜可口又烫嘴的年饼就煎好了。煎好的年饼外焦里嫩，本来就香甜的年面再加上油煎的香和红糖的甜，这该是怎样一道美味。用筷子夹一块刚出锅的年饼放到嘴边试探着咬一口，当年饼触碰到舌尖的时候，那极致的香甜会直钻进心底，深深埋进关于春节的记忆之中。这只有在过年时才能享用的年饼，这一家人一起分享年饼时的情景，会连同着质朴的香甜和团圆的温馨，深深地埋进每一个故乡人的记忆深处。

近年来，随着外出务工队伍的日渐壮大，越来越多的家庭只有在过年时才能团圆了，因而这年饼也便与母亲一起有了更深、更浓的一层情愫。故乡的母亲，在儿女回家过完年临行前，都渴望他们能吃几块自己亲手煎的年饼，尽管这年饼并不能多吃。似乎只有吃了这年饼，才算是完整地过了一个年，才算是真正回了一趟家。她总是想把自己的牵挂、担忧和不舍煎进可口的年饼里，然而日渐昏花的老眼和颤颤巍巍的拙手，再加上儿行千里的心神不宁，却总是将年饼煎过了火候。吃了年饼，踏上远行的路，母亲便又开始了下一个祈盼……

年灯、年饼，故乡的年……

苦累

苦累是我的故乡冀南平原一带以及石家庄一带介于菜肴和主食之间的民间小吃，因是受苦受累的穷苦人吃的，故曰"苦累"。有的地方也叫不累的，学名蒸菜。在食不果腹的饥荒年代，人们常常将野菜掺上玉米面或白面蒸成苦累来吃，既可当菜吃，又能当主食充饥，是十分实用、非常接地气的一道菜。再后来，生活好一些，就主要以蔬菜和白面为主了，味道也比以前好多了，仍是老百姓最钟爱的一道菜。如今，大鱼大肉走上了百姓的饭桌，但苦累却仍受百姓和饭店的青睐，是冀南平原一带永远不会消逝的一道百姓菜。

做苦累用的野菜有槐花、榆钱、扫帚苗、苋菜、荠菜、红薯叶、马齿苋等，蔬菜有胡萝卜、豆角、苤蓝、茴香、茼蒿、苜蓿、萝卜缨等。用榆钱蒸的苦累，又叫榆钱饭。蒸苦累的程序并不复杂，通常是将蔬菜或野菜择好洗净，用菜刀切碎，然后撒上少许食盐用手揉出菜汁，接着均匀地撒些白面用手或筷子拌匀，最后放在笼屉上蒸上二十分钟左右即可。出笼前，需捣些蒜泥并放入适量的食盐和香油作调料，待苦累出笼晾上片刻后倒在上面拌匀，一锅苦累就算是蒸好了。盛一碗苦累，用筷子大块大块地夹入口中来嚼，面食的绵软伴随着蔬菜的筋道，再加上盐的咸、蒜的辣和油的香，既可口又开胃还充饥。吃饱了，通常还会打几个饱嗝，回味悠长，舒坦自在。

苦累是穷苦人的菜，在饥荒年代曾救了不少人的命，在贫穷年代曾节省了千千万万贫困家庭的开支。它是救命菜、穷人菜、百姓菜，是最最平凡的菜。它的外貌并不光鲜，甚至可以说是极为丑陋，但它却是穷苦百姓饭桌上最实用的菜。其貌不扬的苦累，养育了一代又一代的故乡人，在北方餐饮史上占据着一席之地。它就像北方大地上的劳苦大众一样，朴实、卑微、少言寡语、与世无争，只知道默默地奉献。

农村的孩子，土里生，土里长，缺吃少穿，远远比不上城里孩子的生活。记得小时候，我颇喜欢母亲蒸的老豆角苦累。老豆角虽然不再鲜嫩，但废物利用蒸成苦累却格外筋道，有嚼头。母亲从地里回来时，只要带了一捆老豆角，我就知道那必是要蒸苦累的。此时的我，总会主动接住那一捆老豆角，择好、洗净后放到案板上等母亲下手做成苦累来蒸。劳累的母亲，走进厨房，就又开始了锅碗瓢盆的交响。我帮母亲在灶台前烧火，在从锅沿冒出的香甜的蒸汽里等待苦累的出锅。而等热腾腾的苦累出了锅，我总会吃上十二分的饱。记得有天中午，苦累蒸的不多，我们几个等着上学的孩子争抢着吃起来。哥哥给躺在床上休息的母亲盛了一碗苦累，但母亲说她不吃，先让我们吃饱了上学去，一会儿她再炒菜吃，于是我们就把苦累吃了个精光。我们出门后，我因忘了带书包，便赶回家中去取。走进屋里，只见母亲正坐在一片狼藉的饭桌前掰着馒头蘸蒜吃。那蒜，还是拌苦累时剩下的蒜根儿。母亲有些出乎意料，扭着头看着我怔在那里，手里拿着馒头，嘴里的馒头也停止了嚼动。许久，她方才回过神来，说是累了，懒得炒菜吃。可我知道，她是舍不得给自己一个人炒菜吃。那一刻，我心里有说不出的滋味，眼睛也潮湿起来。从那以后，在我的记忆里，香甜的苦累就又多了一层别样的滋味。

如今，生活渐渐好起来，苦累不再是为了果腹而不得不吃的食物，而成了人们用于怀念过去、调剂饮食、减肥养生的菜品。品相低调的苦累，凭着自己独特的美味，还登上了高档饭店的餐桌。那一盘苦累，对于上了年纪的人来说，除了美味之外，还饱含着过去的岁月、难忘的故事和人生的况味……

蒸馒头

进入腊月，年味便越来越浓了。尽管没有了久违的鞭炮声，多了一些疫情的惧色，但新年毕竟是越来越近了。离开故乡多年的我，忽然就怀念起老家春节前蒸馒头的往事来。

对冀南平原的故乡人来说，春节是一年中最享受的一段时光。仿佛受了一年的苦，就是为了享受这一段最悠闲、最热闹、最快乐的时光。民以食为天，春节期间最为重要的保障就是丰盛的吃食了。多年以前，在我的故乡，春节前蒸馒头是一件大事，并且需要几家乡邻相帮着共同完成，因而是一件规模特别大、特别热闹的年事。而乡邻之间相互帮衬共同完成这样一件大事，也明显带着农业社会、农耕时代的印迹。那浓浓的人情味，成为游子们心底最温暖的记忆。

故乡人以前的过年习惯，通常是年前蒸上好几笼馒头，然后一直能吃到过完元宵节。因此，对蒸馒头的人家来说，蒸馒头是一件大事、一项重大工程、一个重要的过年仪式。蒸馒头前，需要准备充足的木柴，跟乡邻们商量好次序，还要借齐蒸笼等用具。等轮到自家蒸馒头时，主家会早早地和上几盆面，然后放到炕上捂上被子发面。除了蒸馒头，通常还要蒸大包子、花糕等，必备的食材也要提前备好。备好了食材，主家就把长条凳、面板、压面杠、擀面杖、升、菜刀等用具支开架子、摆开场子，等着乡邻们来上门帮忙了。

等乡邻们陆续赶来，热闹的蒸馒头便开始了。大家有的压面，有的拽面团，有的揉馒头，有的烧火，有的跑腿，说说笑笑，一派繁忙、热闹的场景。压面是个力气活，通常由男人来干，揉馒头是个技巧活，通常由女人来干，跑腿是个撒欢的活，通常由小孩子来干，分工各有侧重。压面时，需将压面杠的一头固定在长条凳上，可一人压面一人翻面，也可一个人一手压面一手翻面。在木器发出的"吱吱"声中，能听出和谐的节奏和内在的力道。揉馒头、包包子时，是力量与技艺的完美融合，在两只手的舞动下，一个光滑圆润的馒头、或圆或尖的大包子便诞生了。更能体现出精湛技艺的，是制作花糕和刺猬、蛇、鱼、燕子，这可以说是一种艺术创作了。花糕是面皮与红枣组成的多层建筑，一层面皮一层红枣，花样形式不拘一格，有着极大的发挥余地。制作刺猬、蛇、鱼、燕子时，不仅需要更持久的耐心，还需要借助剪刀、梳子等工具。制作过程中，需要用手捏，用剪子剪，用梳子摁，最后按上黑豆或高粱籽作为它们的眼睛。白面制作的小动物们蹲在面板上，个个栩栩如生、憨态可掬，吸引着孩子们的目光。在乡间，花糕是供品，用来祈求众神的护佑；刺猬是财神，背上还驮着金银财宝，象征着招财进宝，平时放在财神神位前；蛇是专门驱除老鼠、看护粮食的，平时置于米缸之中；鱼是"余"的谐音，象征着余粮多多，专由女孩子食用；燕子平时放在灶王爷神位前，据说可让女孩子长得俊俏如燕。这些有着各自说法的面点，都寄托着故乡人对美好生活的向往。跑腿是孩子们的长处和专利，拿个工具、保障食材，穿梭于屋子、庭院和街巷之间，忙并快乐着。

馒头等面点揉好、制作好后，要在炕上盖上被子再醒一会面，然后上笼蒸。通常灶火是由男人来烧的。蒸笼圆气后，需连续蒸上半柱香的工夫才能出锅。一般一锅蒸不完，要连续蒸上两三锅。馒头出锅时，随着笼盖的掀开和蒸笼的抬下，被烟火熏得发黑的厨房此时云蒸霞蔚，蒸气翻滚着涌出房门，场面十分壮观。刚出锅的馒头，雪白，暄腾，冒着热气，散发着麦香味，让人忍不住要尝上一口。此时往往就到了吃饭的时候，主人家必会炒上一锅可口的菜，让大家就着刚出锅的大包子痛快地吃上一顿。那鲜香美味的饭菜，那热闹非凡的说笑，会给这场蒸馒头的年事画上一个圆满的句号。

这好几笼的馒头、大包子，加上炖好的猪肉海带、炸好的丸子和备好的蔬菜，就能让一家子过上一个丰盛的春节了。

无声的岁月，不知不觉就悄然逝去了许多年。如今，生活渐渐好起来，过年时，故乡人不用再蒸那么多馒头存放起来吃了，而是随时能买到新鲜的馒头和蔬菜了，乡邻们相帮着蒸馒头的场景自然也是难得一见了。远离故乡几近不惑之年的我，时常会想起冀南平原上的故乡，想起在小小村庄里度过的童年时光，想起儿时的热闹的年，想起乡邻间浓浓的人情味。这些难忘的记忆，连同这温暖人心的人情味，使我深信，人心是美好的，世界是美好的，人生是美好的。这些记忆和人情味，会深深地珍藏在我的心底，永远伴随着我在风雨人生路上，坚强地走下去……

烤杂病

烤杂病在乡间又称烤年灯，是河北南部地区的风俗，尤以邯郸一带为盛。所谓烤杂病，就是在正月十六的清早或晚上，乡人将柴草或自家能烧的破旧家什放到院门外点起篝火，据说烤过篝火之后身体就会健健康康，远离疾病之苦。这篝火有的人家自起一堆，有的好几户人家合起一堆。在邯郸一带，大致说来，西部和北部的涉县、武安、永年和鸡泽在晚上烤，中部、东部和南部的其他各县均在清早烤。从我个人的角度来看，觉得这清早的烤杂病似乎更有味道，因为除了同晚上一样的热闹之外，小小的村庄四处升起细细的青烟，以及热闹过后静静的火堆的一丝的落寞，当是乡间一幅别有风味的风俗画，淡淡的而又富有生活气息，韵味无穷。

我们东部的肥乡，就是在清早来烤杂病的。按传统的说法，烤杂病得在太阳出来前的大清早进行，否则就不灵验了。这其中的意思，大约是说太阳出来就是新的一天和新的一年了，百般杂病得在新的一年到来前烤净，这样来年才能不生杂病。因而，即使是懒人，在这一天也会天不亮就起床的。大人们早早地起来，一边准备着烤杂病用的柴火一边叫醒不愿起早的孩子。等孩子们揉着惺忪的眼睛走出院门，篝火常常早已熊熊地燃烧起来了。一见这篝火，孩子们的精神头儿便全来了，有的添柴火，有的烤年灯，好不热闹。

说到这里，便不能不提一提年灯。年灯是我们本地过年时用黍子面做成的一种可食用的吉祥物，有如矮矮的一截蜡烛，中间有油槽，将香或火柴卷了棉絮做成灯芯插进油槽，即成年灯。正月十四、十五和十六的晚上，特别是元宵节的晚上，人们会点上许多加了植物油的年灯放在神位前和屋里屋外，甚或还要端着年灯四处照照，用以驱虫辟邪和祈求吉祥。元宵节的晚上，家家户户屋里屋外年灯闪烁，是一派吉祥而温暖的景象。

家人到齐了，做母亲的妇人便要开始主持烤杂病了。妇人嘴里念诵道："正月灵，二月灵，正月十六烤杂病，烤到哪儿哪儿不疼。"念诵完毕，烤杂病便正式开始了。孩子们抑或是让母亲为自己烤，抑或是各自自己烤。烤到哪个部位，便把哪个部位朝火堆就一就，靠一靠。烤杂病的时候，妇人常常还要念诵："烤烤头头不疼，烤烤胳膊胳膊不疼，烤烤腿腿不疼。"拙朴的话语里道出了最朴素的愿望——愿家人在新的一年里健健康康。在所有的部位当中，头是最重要的，除了烤，还要用梳子在头上梳理几下然后朝火堆甩一甩，似乎这样就把杂病甩入火中焚烧净尽了。大家烤着杂病，向着火堆就着手、脚等部位，调皮的孩子甚或还要将屁股撅向火堆烤一烤的。待年灯烤熟了，大家便要吃年灯的，因为按照说法吃了年灯眼睛会更加明亮。孩子们常常吃了一个还不够，争着抢着要吃好几个，因而常常吃得满嘴黑末儿。吃年灯的时候，须将灯芯拔出投入火中，否则可能招来病邪。对于烤杂病来说，孩子、老人和病人是重点人群，有的还要将孩子的棉袄棉裤烤一烤，以图健康和吉利。关于烤杂病，还有一个重要的说法，那就是连烤七堆火会更灵验、更吉利。因此，烤杂病的时候，勤快的人便会走街串巷连烤七堆火。于是，热闹的篝火便更其热闹了。大家互相打声招呼问声好，彼此送上新年的祝福，说说笑笑，其乐融融。

待到天蒙蒙亮太阳将要出来时，这大街小巷里的烤杂病便也陆陆续续结束了。勤谨的人们回到家中顾不得歇息，便要背上挎篓拎起铁锹开始另一个习俗——背灰土了。人们从家中背一挎篓被称为"穷土"的渣子、废土倒在大路上，以使"穷气儿"能够沿着大路跑得无影无踪，然后从外面背一挎篓被称为"富土"的好土倒在院子里，寓意以后的日子会越来越富。红红的朝阳下，零零散散的身影移动在远处的原野上、大坑里，安静而松散。而村庄里一个个热闹过后的火堆，此时都变得更加小而薄了。一缕缕淡淡的青烟夹带着一丝的落寞静静地升腾，沐浴着新年的温暖的阳光，娴静而并不伤感。而人们身上的百般杂病，也应该随着这青烟四散而去了吧。

拜年

　　一年到头，春节到来，大年初一的早上，走家串户向长辈们拜个年，道一声祝福，顺便呵呵地闲聊几句，这便是我们中国传统的拜年习俗。一年里的寒暑冷暖，忙忙闲闲，悲欢离合，酸甜苦辣，便全赋进这一声祝福与几句闲聊之中。让遭遇不幸的人获得安慰，让幸福的人更加快乐。待拜过了这个年，这便是新的一年了，不管上一年里的生活如何，让我们从此都平和地看而待之，然后大家互相帮扶着，攒足劲，共同去迎接新的一年，迎接春天的到来……

　　近些年来，有些传统离我们越来越远了，但有些传统却离我们越来越近了。比如春节，它的必要性和重要性就越来越被凸显出来。近些年来，农村的生产力越来越高了，于是大批务工的农民到城里务工。出门都为挣个钱，工作又忙路途又遥远，因而常常是一年到头才回一次家，这回家的时机便是春节。一年了，不知长辈们是否还安康，不知乡亲们过得怎么样，于是拜年便成了一个相互见面、聊天的好机会。给长辈们拜个年，看他们的头发又白了几许，看他们的皱纹又深了几分。走家串户，街上的乡亲成群结队，于是彼此特别熟的便会趁这个时机递上一支稀奇的好烟聊上几句。这一年在哪儿打工，钱挣多少，来年有什么打算等等，这些重要的话题全都压缩在这片刻的空当儿里。因为大家都是结伴出来拜年的，因而这片刻的空当儿时间极短，若是聊得不痛快，便可约个时间到家里来坐坐，好好地聊上一次天。城市里其实也一样，春节对于中国人的作用都是相同的。社会越发展，人的流动性便越大，由此可见，春节的必要性和重要性只会越来越大，而不会被削弱，春节在中国永远不会消逝。春节是中国人人情的一次相互温暖，是一年一度的精神盛宴……

　　写到这里，便想起故乡南杜齐村与众不同的拜年习俗来。南杜齐村与我所在的郑村同县而不同乡，其实也是一个普普通通的村庄。中国人拜年都是在大年初一的早晨进行，然而南杜齐村有好些年拜年却是在初一的夜里进行的，这一习俗的形成是有其渊源的。在那个特殊时期，大闹"破四旧、立四新"，这拜年的传统习俗也被说成是封建迷信而被禁止，谁拜年就要挨批斗，于是白天便没人再敢拜年。可是到了晚上，有些人想想一年到头不给长辈拜个年，实在心里难受，于是便有人偷偷地去长辈家给长辈拜个年，道一声迟来的祝福。有人开了头，大家心里都明白，于是便形成了这个习俗。这个习俗在南杜齐村沿袭了许多年，到现在也仍还有这个说法，不过可能已经不是那么流行了吧，或者说，已仅有说法而无行为了吧。据此，便可看出中国人对人情是多么地看重。由此，也似乎可以看出民俗的形成规律来——民俗就像流水，是在美好愿望的驱使下自然而然地形成的。

照年灯

年灯是我故乡冀南平原独有的一种年俗食品，用黍子面做成，可倒入植物油点亮祈福，也可食用。它是故乡元宵节里一道不可或缺的风景，是我童年记忆里一抹温暖的光亮。

每到正月十三的时候，母亲就会将黍子面兑温水和匀，然后揉成窝头状放入蒸笼，蒸笼冒汽后蒸半小时做成年面。年面出锅后，再撒些白面和匀，以防年面发软发黏和面凉后发硬。年面蒸好后，母亲再揪一块年面揉成圆柱状，用刀切成一截一截，然后将一端蹾实作底子，将另一端用手捏出用来盛油的凹槽，这年灯就算是做成了。除此之外，母亲还要做一个鸭子样的年灯、一个鸡样的年灯和一个狗样的年灯。

点年灯从正月十四晚上开始，连点三晚，每晚点一批，以正月十五晚上最盛。那时候，每到元宵节，我最期盼的就是正月十五晚上，因为不仅有大街上绚烂的烟花，更有点年灯时的温馨和热闹。正月十五傍晚，我会早早地围着母亲，跟着她点年灯、照年灯。母亲娴熟地将棉絮卷成灯芯插入年灯的油槽中，然后把植物油倒入油槽点燃灯芯。此时，这一个个精致的小年灯就更好看、更有生机了，仿佛它们生长、等待了大半年，就是为了这辉煌的点亮。母亲和我端着年灯，将一个个年灯放到各个神位前，神位放齐了就往各个角落里放。往角落里放的时候，要端着年灯往各处照一照，因为故乡的说法是，年灯的光亮能够祛除蝎虫病害，能够辟邪，能够带来平安、吉祥。这是母亲最重视的事，也是我最乐意参与的事。我用手小心地端着年灯，心中怀了美好的愿望，在窗台上、墙角里、床底下等各处认真地照着，让这豆昏黄、温暖的光亮抵达家中的每一个角落，生怕遗漏了什么地方。为了不留死角，厕所里我也是要照一照的。因为只有把家中里里外外全照到了，我才会觉得安心。

在照年灯的过程中，我最喜欢、最惦念的是鸭子年灯、鸡年灯和狗年灯，因而每次都要放到最后自己亲手来放。母亲说，鸭子年灯熄灭时头朝向哪个方向，哪里来年便会风调雨顺，鸡年灯可防锅台招引蚂蚁，狗年灯可护佑家狗平安。我把鸡年灯放到锅台上，把狗年灯放到狗窝上，最后才放我最最喜欢的鸭子年灯。我小心翼翼地将鸭子年灯放到碗里，然后将碗轻轻地放进水缸中，就像是放进去一叶小白船。小白船驮着一豆光亮在水上静静地浮动，映照出满盈盈的一缸光亮。那光亮清澈、安静、温暖，能让我获得心灵的平静。我托着下巴趴在缸沿上静静地看着鸭子年灯在水面上浮动，入神、入迷，甚至会忘记了时间。年灯的光亮轻吻着我的脸，使我感到了光亮的温度。这光亮照进了我的心灵深处，并且得以永久存放。那是我生命中见过的最美丽、最温暖的光亮，那是我生命中最接近永恒的时刻。

如今，蒸年灯的母亲已经老了，我也离开了生我养我的故乡。每到过年时，只要有机会，我还是会围在母亲身旁，同她一起点年灯、照年灯。儿时那些点年灯、照年灯的情景，有关故乡，有关童年，有关母亲，已经永远无法从我的生命中抹掉了……

初冬

立冬了。

在我儿时的记忆里，故乡的初冬是凉凉的、新新的、暖暖的，充满了浓浓的生活气息和人情味。

初冬的早晨是白色的。从暖暖的被窝里爬起来，拉开屋门，一股寒意便会迎面涌来。院子里、田野中，落着薄薄的一层白霜，有如扑上了淡淡的胭脂粉。从鼻子和嘴巴中呼出的白气，轻轻上升，缓缓弥散。大街上，勤劳的小商贩已经开始了生意。卖馒头的吹着牛角，卖豆腐的吆喝着号子——卖豆腐喽，仿佛在催着睡懒觉的人赶快起床。勤劳的主妇端出麦子来换馒头，端出黄豆来换豆腐，抑或是用钱来买。村头，拾粪老头挎个挎篓，拎个铁锹，专心地捡拾着路上的粪蛋子，初升的太阳那红红的光芒将他的影子拖得老长。厨房里，年轻的母亲点燃灶火做起了早饭。做早饭的当儿，抽空将我喊醒，为我洗脸，然后给我端上一碗热气腾腾的红薯玉米稀饭。饭桌上，放着一盘咸菜，一盘小葱拌豆腐。这一碗红薯玉米稀饭，从头到脚暖和了我的全身。就在这一身的温暖之中，母亲为我挎上书包，我约上三两个伙伴，一同走向村中的小学……

初冬的白天，延续了秋日的天高气爽。树叶还没有落光，但已经稀稀疏疏，有的褐，有的黄，有的红，等待着初冬的冷风将它们吹落到地上。院子里，垂挂在树上的玉米棒子黄得透亮，格外惹眼。而屋檐下挂着的一串串红辣椒，更是红得像火，给人以热情和暖意。小山羊一会在院子里撒欢，一会去吃地上的落叶，一会跑到老母羊身下吸吮几下已经没有奶水的奶子。暖暖的冬日阳光下，母亲将冬天盖的厚被褥全部晒了个透，然后用细竹竿敲打出藏在里面的尘土。而父亲，则将谷子秸秆晒成的干草铺到了土炕上，这厚厚的干草足以抵御冬夜的冰凉。晚上，睡在铺了干草的土炕上，睡在晒了太阳的被窝中，又暖和，又有太阳的味道，夜里定能做一个关于太阳的梦……

初冬的夜晚是冰凉的。空气冰凉得像冷水，凉了鼻尖，凉了耳朵，凉了小手。抬眼仰望，夜空格外干净，星星格外明亮。有月光的夜晚，我们这些耐不住寂寞的孩子便会跑到村子里玩捉迷藏，常常就爬到了树上或钻进了麦秸垛里。而忙了一春一夏又一秋的大人们，则会在清闲的冬夜里串门打发时间。小小的油灯下，他们或聊家长里短，或说古论今，深刨这个村子里的古事旧情，常常就把我们带回到了遥远的过去。大街上，时常会有卖烧鸡和兔肉的骑着车子来回吆喝，一次次勾着人们的食欲。在大街上，也有人用烤火的方式来取暖和娱乐。一群人围着一个热烘烘的火堆烤火，一边烤火，一边闲聊，聊着聊着不知不觉就到了深夜。于是，大家告别残存的炭火，踩着星辉回到各自的家中，然后进入冬夜的深深的睡眠之中……

而如果落了雪，就更有意思了。初冬的雪一般不大，通常是小雪，甚至只是薄薄的一层雪末儿，盖不住大地的全部。在不大的北风的伴随下，初雪的雪末儿斜斜地洒落在树叶上、房顶上和地上，会有细细的簌簌声。放眼向田野望去，田野里一块块黑白相间，有如一幅淡淡的水墨画。在田野里，在这水墨画的远处，笃信农谚"小雪不出菜，别嫌老天害"的人们，正伴着初雪的雪花抢收着成熟的白菜。一辆辆马车来回奔走在落了雪的路上，在路上轧出了一道道车辙。拉车的骡马晃响脖子上的铜铃，风中的铃声清脆而悠扬……

这就是故乡的初冬，儿时的初冬，珍藏在我记忆深处的初冬……

雨落中秋

　　今年的中秋格外的不一样，从八月十二便开始淅淅沥沥地落起了秋雨，时而还刮起微寒的秋风，节日的喜悦心情不免被打湿了许多。然而，淡淡的失意之余，竟也渐渐地看开了许多。古时不是便有"人有悲欢离合，月有阴晴圆缺"的诗句么，这次秋雨的光临便是对此最好的解释。天地间的阴晴风雨实乃正常，只不过我们习惯了上天的优待罢了。正因如此，上天这次才派来了秋雨给我们上这小小的一课，告诉被惯坏的我们，这太正常了，许多看似不正常的事其实都再正常不过了。看开了，心里便释然了许多。有雨又何妨呢？没有明月又何妨呢？只要亲人团聚，只要心中有月，中秋佳节照样温馨而诗意。即便亲人不能团聚，那么在心中团聚也未免不可。只是苦了这客居在外的游子，这一层层的秋雨想必会在心中平添一层层的乡愁吧。

　　带着这份释然，我走进了中秋，走进了团聚，走进了温馨和诗意。团圆之际，站在窗前看那窗外的秋雨，觉得这落雨的中秋也是别有一番韵味的。繁盛之后的花草树木被秋雨濯洗得晶莹剔透，翠绿欲滴，更多了几分成熟与沉静。院墙、小屋和院子被秋雨濯洗得一尘不染，仿佛是衣装换季前的一次沐浴。天气彻底地凉了，甚至还夹带了一丝寒意。落了这场秋雨后，天就再也热不起来了，这个世界就真正进入秋天了。

　　中秋节的夜里，已没有赏月奢望的我翻出知堂先生的一本散文集，坐到小小的台灯下读了起来。散文很有味，于是不觉便到了子时。起身想到屋外透一口凉气，一推门却迎进了一地的月色。呵，原来这雨夜早已偷偷地放晴了，来了一出"柳暗花明又一村"，给了晚睡的人意外的馈赠。一时兴起，我决定到外面走走，于是便披衣出了门。

　　虽是落了几天的秋雨，但因为是小雨，因而路面并不算泥泞。又因为有了明月的帮助，大大小小的水洼也便很容易避开了。我就这样小心翼翼地，而又格外悠闲地走进了这久违了的村庄。

雨后的月下村庄格外地不一样。与平日的月夜不同，这雨后的月夜因为沐浴了雨水，因而到处散发着雨味，氤氲着水意，一片湿漉漉的世界。一树树的叶子银光闪闪，似是闪烁的繁星。偶有滴滴的雨水从叶子上坠下，掉在地上的"嗒嗒"，落入水中的"咚咚"。秋虫们闭门躲藏了数日，此时都亮开嗓子吟唱起来。或大或小的水洼倒映着明月，水中的月亮格外明净。月下的村庄星星点点，水声叮咚，充满了诗意。月光与秋雨交融，共同营造出了这独特的月夜。我一个人在月下的村庄里漫步，独自品味着这如水的月色。在这原生态的村庄里，在这纯天然的月色下，在这久久的安静之中，我有了一种返璞归真的感觉。这是一种回归本真的感觉，一种自然而和谐的生命状态。此时，心中积郁了多日的压抑与烦躁都烟消云散了，眼前只有这村庄，这月色，这独自漫步的自己……

陶醉在这如水的雨后月色中，我竟忘记了时间。抬头寻月，但见月亮已然偏西。

月亮偏西，我，偏向家的方向……

故乡的冬夜

　　我的故乡是一马平川的冀南平原。在我的记忆中，故乡的冬夜是寂静的、幽美的，充满了安静的思想和想象……

　　冬夜里，劳作了大半年的故乡人可以得到难得的放松。他们有的串门谈天，有的看电视，有的串门下象棋或打扑克，有的到大街上去烤火谈天。幽幽的油灯下，人们谈天说地，聊各家的收成，聊明年的打算，聊他们的过去，聊故乡遥远的历史，徐徐的谈话间便会有一种安静的厚重感和人生的感慨在心中产生；有电视机的人家还并不多，甚至常常没有电，然而也总有看电视的机会，这时有电视机的人家家里便会聚集不少的人看电视。尽管那时电视节目很朴素，但却能给人们带来无尽的欢声笑语，非常地热闹；串门下象棋或打扑克也极有乐趣。下象棋是两个人的安静的乐趣，打扑克是一伙人的热闹的乐趣，在一次次的游戏中，不管输赢都会收获愉快的心情；到大街上烤火谈天是别有一番风味的。冬夜的空气冰冷冷的，这时大家伙儿围着一堆火热的篝火谈天说地真可以说是一种享受。蹲在或站在篝火旁，浑身上下都被烤得热烘烘的，聊起天来真是没个够……

　　冬夜的故乡是寂静的，这正如故乡人一个冬季的歇息。然而歇息并不等于沉睡，歇息时的故乡和故乡人都是充满思想的，而且是心灵相通的。春天、夏天和秋天是生长和收获的季节，这时的故乡和故乡人是充满活力和繁忙的，而到了冬天，却有了长久的空闲时间，这时故乡和故乡人便会作长长的歇息，为新的一年积蓄充足的力量。而在这长久的空闲时间里，思想便会丰富起来，精神生活便会充实起来。故乡人是如此，故乡的一切都是如此，而且故乡人和故乡的一切其实都是心心相通的。在默默中，他们营造着共同的氛围；在默默中，他们交流着思想……

　　深夜行走在故乡的乡村是一种体验，是一种阅读，是一种天然的精神洗礼。夜深了，一家家的灯光渐渐地熄灭了。一弯皎洁的明月悬在深蓝的夜空中，将朦朦的清辉洒在寂静的乡村上，像是给乡村披上了一层薄薄的银纱。很寂静，只有远处偶尔传来的几声狗吠声和鸡鸣声。安详的房屋被月光斜切下块块的阴影在地面上，像老屋的深窗一样深邃。月光下的庙宇显得更沉静、更神秘了，使人不得不生出一种庄重的敬畏。院子里、过道里、大街上，榆树、杨树、枣树们静静挺立在如水的月光里，将自己暗暗的阴影轻轻印在地面上，榆树的影子繁密，杨树的影子直顺，枣树的影子曲折。那曲折的枣树的影子，就像是一幅幅刚劲的吹画。一些院落的榆树上伏着一只只的鸡，榆树便是它们共同的家，树枝便是它们温暖的睡床。平日里显出一丝沧桑的大街小巷此时盖着一层柔柔的轻纱，顿生无限浪漫的诗意。走到村头向田野放眼望去，广阔的田野上月光清清，像是氤氲着淡淡的银雾。那田野的远处朦朦胧胧，像是看见了，又像是看不见，使人产生无限的想象……

小时候，我便常常在这冬夜的故乡，在这寂静的月光里独自漫步。在寂静中，我一次次走过一条条银白的街巷；在寂静中，我一次次站在枣树下透过疏疏的枣枝仰望那无言的月亮；在寂静中，我一次次走近沉默的老屋和庙宇去拜访他们幽远的过去；在寂静中，我一次次站在村头静静遥望那无边的田野……

故乡的冬夜使我沉醉……

如今，离开故乡已许多年了。在这许多年里，在一个个安静的深夜，我常常想起故乡的冬夜。想起了，便会沉醉，便会怀念，便会难以入眠，便会在梦中回到故乡的冬夜。只是我常常分不清，是故乡的冬夜在我的梦中，还是我的梦在故乡的冬夜里……

暖袖

旧时，在中国北方地区的民间，曾一直流传着一种御寒用品——暖袖。对于暖袖，《现代汉语词典》上的解释为：为了御寒缝在棉袄袖口里面增加袖长的一截棉袖子。而在我的故乡冀南平原，暖袖却并不是缝在棉袄袖口上的，而是独立的一截筒状棉袖子。两种形式的暖袖相比起来，独立的暖袖更方便、更雅观，因而在民间大约应该是占大多数的吧。

说来，暖袖的外观和构造也的确是简单，无非就是一截筒状的棉袖子，里面是棉絮外面是布料，几根棉线将它们缝制在一起。用法也极简单，出门前套在手上即可使双手免受严寒之苦。然而，暖袖却也是一种精致而富有灵性的工艺品、艺术品，同时也承载着人世间最为温暖的浓浓的亲情……

暖袖虽构造简单，然而用料和做工却是非常有讲究的。手是人身上最灵巧、最重要的工具，何况又十指连心，因而缝制暖袖当然要挑上好的棉絮填充。棉絮要用当年新摘的棉花弹制而成，又白又松软又柔韧，保暖效果是最佳的。布料的选取要看暖袖为谁而缝制，若是为男人缝制，颜色当然要以黑色等颜色为主，而且颜色要深，男孩子则可深可浅。若是为女人自己和女孩子缝制，则颜色的选取范围要宽泛得多，像红色等，而且鲜艳、漂亮。总之，布料的选取要与主人的性别、年龄等特征相符。这里说的是表儿，里子布料的选取便无须赘言了，只图个柔软、暖和。棉线的选择也不用多说，总的原则是要与布料相协调，在此基础上越美观越好。有了这些材料只是缝制暖袖的基础，最关键的其实还是得有一双灵巧的手将它们缝制成一个又暖和又漂亮的暖袖，这才是一只暖袖的灵魂之所在。这双手是一双女人的手，而且是一双精于针线活的手，一双富有灵性的手。这暖袖的灵性，全要靠这双富有灵性的手来赋予。一只暖和、漂亮而富有灵性的暖袖，便是在这样的一双手中，在一盏昏黄的油灯下一针一线地缝制而成的。这缝制出来的暖袖早已不再仅仅是一只暖袖，而更是一件精致而富有灵性的工艺品、艺术品。有的暖袖上还要绣上一两只花鸟虫鱼什么的，更使这暖袖生动而诗意起来。一只小小的漂亮的暖袖，是祖祖辈辈生活在黄土地里的苦难的人们对生活的热爱，对美好未来的憧憬与渴望……

这小小的暖袖，也承载了人世间最为温暖的浓浓的亲情。一个女人，在一盏昏黄的油灯下细细地缝制一只暖袖，为男人也好，为娃儿也好，一针一线，缝进去的，全是那暖暖的浓浓的亲情。为男人缝制一只暖袖，愿他出门做工时暖和、平安。为娃儿缝制一只暖袖，愿他（她）的手不被冻伤，到学校好好写字学文化。哦，缝制暖袖的人哪，可千万别忘了为自己也缝制一只暖暖和和的暖袖呵……

一只小小的暖袖，勾起我们多少的回忆，勾起我们多少对母亲、对亲人的思念与祝福……

近些年来，时代的前进一步一个脚印。它要前进，因而总得不断地把一些东西放在路上，以便继续不断地前进。而那只小小的暖袖，它也在一个初春的早晨把它放在了路边的一棵刚发芽的榆树下，然后依依不舍地走向远方。于是，我们的生活里，便不再见到暖袖的身影。然而，它却永久地珍藏在了我们的记忆深处……

收白菜

　　这几天，故乡邯郸突然下了一场五十年不遇的特大暴雪，且是今年的初雪，将冬天早早地降临到了这片古老的土地上。而每逢下第一场雪的时候，也就是农历十月末上冻的时候，也是故乡收白菜的时候，于是便又想起小时候故乡收白菜的旧事来。

　　不知多少代了，白菜一直是故乡人冬天里的主菜，白菜在故乡人冬天里的生活中挑着大梁。若是没有了白菜，这个冬天可就要犯难了。因而，第一场雪降下来，再懒的汉子也会拉上排车快马加鞭地去地里把白菜给抢收回来。不收不行，不收就没有白菜吃。收得慢了也不行，白菜若是被冻了可就不好吃了。这白菜从秋天长到冬天，不容易啊。于是，第一场雪降下来，故乡便突然变得繁忙、热闹起来。大家有的拉排车，有的套马车，有的开三轮车，各自以不同的节奏向地里赶去。到了地里，大人们用铁锹利索地将一棵棵白菜铲倒在地，我们这些孩子们就小跑着将白菜往车子上装，抱了一棵又一棵，干得可欢了，头上都冒着热腾腾的热气，甚至棉袄棉裤也会被汗浸湿。遥望原野，远远近近的人们都在忙着收白菜，一派繁忙景象。待大半天的忙活之后，这一地的白菜便都安安稳稳地垛到了家里，于是，这个冬天便有了炒白菜、熬白菜、腌白菜、凉拌白菜、白菜包子、白菜饺子，甚至猪羊也有了白菜帮子吃。白菜，浸进了故乡人冬天生活里的角角落落，因而收白菜，其实也是在收获生活。收白菜是故乡初冬所特有的生活景象，是故乡人一年里的最后一次劳动，然而，也是创造明年希望的明年的第一次劳动。

　　想起收白菜的情景，便也想起一些个套马车收白菜的老人的面孔来。我已离开故乡许多年了，如今，那些马车已经没有了，那些个套马车的老人也没有了。

而说起收白菜，其实我们的印象都应该是寒冷的，然而我却不是，自小到大，我对于收白菜的记忆从来都是寒冷伴随着温暖甚至火热的，因为那时青青白白的白菜，除了伴随着初雪的雪花外，还伴随着我们的劳动。

农家饮酒图

我的故乡冀南平原，是华北平原的一部分。我的童年时期处于二十世纪八九十年代，那时候，农村远远没有现在富裕，生活节奏也没有现在这般快，青壮年男人们也大都没有外出打工。人们日出而作，日落而息，过着传统的农耕生活。我的童年，便在这宁静的乡间度过，在一个名叫郑村的小村里度过。美丽的田园，飘着炊烟的小小村庄，朴实而善良的人们，以及乡邻之间浓浓的人情味，组成了我生命最初的内容，构成了我生命的底色，也留给了我一些永远不会变的品格。

在我童年的记忆里，充满浓浓人情味的情景有很多，而父辈们一同在家喝酒的情景更是令我难忘。那时候，喝酒是极其奢侈的一件事，除了春节，就是家里有人来帮忙，或者是家里来了重要客人。喝酒是家里的一件大事、喜事，母亲有时还要请邻家大婶来帮忙炒菜做饭。喝酒通常是在晚上，邻近傍晚的时候，母亲便要开始张罗了。从菜园里摘几样菜，从小卖部里买几个菜，食材都很简单，准备却很仔细、认真。父亲叫来几个关系好的乡邻来陪酒，这是一份极受欢迎的差事。父亲和乡邻将八仙桌抬到灯下，将椅子搬来围成一圈，接着将从小卖部里买来的水果罐头倒进盘子里，端到桌子上。然后，拿出酒素子倒上酒，一个座位前面摆上一个小酒盅，很小心地倒满酒，屋子里立刻就飘满了酒香。暮色降临，酒席便在这并不太明亮的灯光下开始了。

此时，母亲则在厨房里忙着炒菜。她一边炒菜，一边还要烧火，忙着往炉灶中添柴火，很是忙碌。除了从菜园里摘来的新鲜食材，还要拿出平日里攒起来舍不得吃的鸡蛋来炒。炒菜的时候，食材在锅里的滋滋声，锅铲与锅底划出的翻菜声，炉灶里柴火的噼啪声，断断续续的风箱声，组成了农村妇女指挥出的厨房协奏曲。常常在忙碌之中，母亲头上便会不知不觉地落上零星的烟灰。父亲和客人们喝酒的时候，母亲便将做好的热菜一个个端上了桌。

喝酒的场面是很热闹的。开始的时候，端酒碰杯，欢声笑语，其乐融融。喝到劲头上，便要开始划拳了。两个人面带红晕，伸出右手，开始鏖战。每个回合的开头通常以"俩、俩"作为见面，然后便开始喊不同的数字变换不同的手形了。从零到十，每个数字都由特定的手形代表，若是喊出的数字等于两人伸出的数字之和，便是赢了，因而划拳也叫猜拳。划拳从没有低声细语的，不是声如洪钟，就是震天动地。那声音不是说出来的，而是喊出来的，好似战场上的厮杀一般。随着其中一方越输越多，喝酒越来越多，不是声音渐小、偃旗息鼓了，而是不服输、不服气、不服劲，劲头、声音反而是越来越大了，划拳划得脸红脖子粗，声音常常就传到了街巷里。观战的人面带微笑，时而碰一杯酒，时而吃几口菜，时而抽几口烟，袅袅的烟雾升腾起来，萦绕在酒桌之上、电灯周围。每个回合到头，决出输赢，大家便一同哈哈大笑一阵。一桌人几番轮战下来，脸便更红了，也都有了几分醉意。此时，作为主人的父亲还要再劝客人几杯，直至客人再三推辞，才让母亲做饭。几碗手擀面端上桌，一场酒席便在大家吃面条的吸溜声中落下帷幕。

大人们喝酒的时候，也是我们小孩子的快乐时光。有客人带来的孩子，也有平日里常在一起的邻家孩子。我们时而凑热闹看大人们划拳，时而在院子里捉迷藏、玩游戏，再陌生的小客人，也会很快玩到一起。观战的时候，大人们常常会夹几口菜让我们解馋。丰盛的酒菜不是平日里能吃到的，特别是水果罐头，最受我们小孩子喜欢。偶尔大人们也会端一盅白酒让我们喝，但我们只用舌尖沾一沾便辣得龇牙咧嘴了，于是便在大人们的笑声中跑开了。

许多年过去了，父辈们都已不再年轻，我们也都不再年少。数一数当年酒桌上的人，有几个已经不在人世。父亲的酒量也大不如当年，并且患上了应当忌酒的疾病。当年围着酒桌看划拳的那个小小的我，后来渐渐长大，离开故乡，走上了社会，开始了自己曲曲折折的人生。经历了那么多的人情冷暖和世态炎凉后，回望当年父辈们喝酒的情景，觉得甚是亲切，充满了浓浓的人情味。那时候我爱看他们划拳，能感觉出他们的关系很稳固，给我一种踏实感、安全感，那种浓浓的人情味至今温暖着我。如今，我已过半生，经历过数不清的喝酒场合，吃过数不清的山珍海味，也喝过数不清的名酒美酒，但总觉得酒桌上少了点什么。细细想来，那是少了那么一点儿人情味。酒场，常常变成了官场、商场、名利场、战场，关系好的关系不好的都可以喝，认识的不认识的都能喝，愿意的不愿意的都要喝，真的假的都得喝。酒足饭饱，曲终人散，也留不下什么美好的回忆，记不住几张面孔。

农家饮酒图，一段温暖的记忆，一屋子浓浓的人情味……

露天电影

小时候家乡的露天电影是很热闹的。

谁家有个红白喜事或别的什么大事，那必是要演电影的。阵势小的演一场，阵势大的演三场五场甚至七场。每场电影一般演两部片子，每部片子又分好几集。一般谁谁家要演电影，那消息提前好几天就传出去了。消息一传出，呵，全村人都像过年一样高兴。男的女的，老的少的，个个眉开眼笑、心情爽朗，再也看不到谁整天愁眉苦脸了。尤其是孩子们，整天跑着跳着传播消息，好像不知疲倦的小通信员似的。两个人在街上碰了面，都是笑容满面，打了招呼还会接上一句谁谁家要演电影了你知道吗？知道！什么片子？哦……这个还不知道，估计应该不赖！大家心里都有了一个小小的希望，这希望就像一个个小小的太阳，温暖着每个人的心。消息常常还会传到外村，那外村的年轻人们也就常常会风尘仆仆地准时赶来一饱自己的眼福。有的孝顺女儿早想把娘家的老母亲接过来住几天，赶到这个机会是绝不会错过的，第二天一早就会带了一个好消息和好心情回娘家搬兵的。

等到片名一传出，人们的心里就会掀起一次小小的波澜。"这个片儿啊，嘻，我早就看过了！""哎哟，鬼片儿啊，这个……吓不吓人？"不过，波澜归波澜，到时谁也不会放过这个机会的。

演电影那天，半下午放映师傅就会开着三马车"突突突"地赶过来。到大街上，找个宽街广地儿，选好地点，然后就指挥帮忙的人忙起来了。大多时候地点都会选在庙前，因为庙前大都有很广的场地，更重要的是一种信仰。做准备工作是很热闹的：挖坑栽木杆子、挂影布、抬放映机、接线，忙而不乱，各负其责。只是那声音很是嘈杂："没绳子啦，快找绳子！""让让让让，铁锹可不长眼啊！""师傅，这影布有没有反正啊？"

一个个都打狼似的叫，忙得放映师傅一边叫还得一边要猴似的转，一不小心就会撞倒一个凑热闹的小孩子引来一阵哇哇的哭叫。等这一切忙完了，放映师傅终于可以深深舒一口气坐到放映机旁了。抹了抹汗，点上一支烟，圣诞老人似的给孩子们讲起影片故事来。

吃过晚饭，小孩子们饭碗一推就都先跑一步了。搬了板凳的选个好位置把板凳一放就算占了位置，有的搬两三个板凳把全家人位置都占好了。有的图省事，空手而来，到附近随便找几块砖头一垒便成一座，想舒服点再从附近人家的灶火圪崂里抓把麦秸垫上，凉不了屁股。人越来越多，越来越多，大人来了，老人来了，人头攒动，人声嘈杂，整个放映场地像一大片熬药的砂锅在沸腾。这时，大部分的人都坐着，其中少不了就地落座的。站着的人都在主体人群后面和两侧，中间低三面高。红红的烟头点缀在人群中，很是显眼。天黑之后，放映机就会亮出一个明亮的灯泡来，照着黑压压的一片人头。男女老少，有坐的有站的，有说闲话的有默默吸烟的，还有围在放映机旁瞧放映师傅鼓捣机器的。人群边上不时传来某个妇女尖尖的喊声："三小子——"人群里立刻就会站出一个男孩答叫道："唉——快来快来，座儿在这儿！"那妇女顿时就放松了表情庆幸地往里走。这是不容易的事，一片低低的人头和身子，找不到也看不见落脚的地儿。一会踩了小孩的脚，一会碰了大人的头，不小心倒在一片人头中的也有的是。有的等不及了，冲着放映机那边喊道："怎么还不开始？还演不演了？""急啥，心急吃不了热豆腐！""吃什么豆腐，我只看电影！再不放我把机子扛回家看个够！"

在影布的那一边，也有一些"影迷"，不过都是清一色的"老影迷"。以他们的腿脚要在大人群里和年轻人小孩子竞争是不容易的，弄不好还会挤出个伤来。而影布这面场地真是大，简直就是老人的天堂。把板凳或椅子一放，旱烟一点，悠然自在，与世无争，自得其乐。有的想把小孙子小孙女也拉来共享这世外桃源的乐趣，可他们岂有这番雅趣？哼，人越多越好，挤，电影不看也要挤！挤得满头大汗，挤得打骂起来那才热闹！

每每这时候，小卖部的老掌柜也必会来这儿凑热闹。在人群一侧距人群五六米远的地方，哗哗啦啦铺开一大张塑料布，马灯往塑料布中央一压，从纸箱里依次掏出糖果、米糕、麻花、玩具等一摆，露天小卖部就算宣告开张。他一来，这张三李四的小子丫头就待不住了，非哭着要买糖果。大人去买还好一点，若是那些调皮小子去买，那这老掉牙的摊主就要吃亏了。那小子东挑西拣，摸摸这个抓抓那个，不等张口就已收获了不少的"赠品"。最后交出一毛钱抓了几个糖果，蹦跳着就去找自己的哥们儿分享战利品了。这老头老眼昏花，马灯又不亮，卖东西常常是只能靠着感觉卖。至于一场电影看下来是赔是赚还是不赔不赚，那就不得而知了。不过每次收摊时他倒是很高兴，有时还会哼几句不知名的歌。在他看来，这一夜买卖毕竟做了不少。

放映机上的灯泡突然灭了，紧随而来的是一片"嗷嗷"的欢叫。影布白了，叫声仍没止住，直至出现了片名才算罢休。此时，所有的嘴巴都闭上了，一个个都伸着脖子看那影布上比真人还要高大的侠客、警察或美女。卖零食的老头也灭了马灯瞧，能不能看清反正木杆子上的破喇叭乒乒乓乓叫得甚是热闹。

然而人群的安静只是暂时的。不一会，个子高的孩子挡了后面个子低的孩子的视线，这低个子就得使劲伸着脖子随着高个子的头的换位而反向换位。伸了一阵子累了，气得站起来，不料后面一大群大人孩子一齐冲他骂过来，一阵骚乱——"那是谁家的孩子？有没有教养？""快坐下，再不坐下我用鞋砸你了！"这低个子一见这阵势，吓得差点没尿裤子，"咚"地就坐下了。不一会，又有个年轻人生气地问道："谁家的香油罐打了？放屁也不找个没人的地方？"这时那放屁的定会在心里骂道："管得住天管得住地管不住我放屁！这大街是你家啊？！"刚才闻到屁没开口的就埋怨道："放就放了吧，呛的又不是你一个人！刚吃过饭，提什么提？恶不恶心？""是你放的吧？""胡扯！我放的我还说啊？""恶人先告状！"事没平息下来，自己又抹了黑，真是有火没处发。骑在年轻父亲脖子上的小孩不一会就睡熟了，这父亲看着看着就突然感到一股暖流从脖子上顺流而下。"呀！这不懂事的孩子，咋能尿你爹哩！真不该让你喝那么多汤！"朝着孩子的屁股哭笑不得地拍了一巴掌就在众人的哄笑声中回家去了。

一集演完，又是一片人声鼎沸。此时，憋了尿的小子们箭一般飞向四面八方，不一会就传来一片哗哗声，大有"飞流直下三千尺"之气势。断不了也有拉屎的，那气味蔓延过来招得一片比屎还臭的辱骂。卖零食的老头趁机点亮马灯，电影催起来的激情竟使他禁不住吆喝起来："油酥麻花——嘎嘣脆，奶油香糖——香到家喽——"

不一会电影又开始了，顷刻间一个个就都又恢复到了"鸭子状态"。

电影一完，人群的沸声就达到了顶点。喊爹叫娘的，吆儿唤女的，欢叫声、议论声、口哨声一齐响起，排山倒海，惊天动地。与此同时，众人纷纷站起搬凳扛椅地四散而去，不一会就听不见声音了。放映机的灯泡再次亮起，几个帮忙的又是一阵忙活。地上，砖头、麦秸、糖纸到处都是，就像一群没人要的孩子。

人们走在回家的路上，议论着，回味着，一丝满足之后又生出一个新的祈盼来。

露天电影，家乡人最钟情的精神食粮。

烤场

我的家乡在一马平川的冀南平原上。我所在的那个小村庄叫郑村，普普通通、平平常常。在我们村，所谓"烤场"，就是烤火、说闲话的地方，准确点说应该叫"闲话中心"。闲话中心只在冬天说闲话时烤火，但那年不知是谁起了个"烤场"的名，大家都觉得好听，于是就都叫开了，成了一个独具本村地方特色的人文景观。我们郑村有两大烤场，东头的烤场在关帝庙广场西南角，在村里又名"关帝庙烤场"。西头的烤场在竹林家门前的电线杆子下，村里人都叫"西头烤场"。相比之下，关帝庙烤场的规模最大，位置又在全村最大的庙宇关帝庙的广场上，因此在村里最负盛名。除东头的闲人外，村中段几乎全部的闲人都到关帝庙烤场来烤火说闲话，甚至西头的不少闲人也常光临此烤场。关帝庙烤场人气兴旺。

烤场上的闲人骨干，清一色的男性，大部分为老人和中青年。有时小孩子也来凑热闹，或烤火或听闲话或打闹。有的老人来此地还要带上小孙子，一边说闲话一边看小孙子，感觉更充实。烤场最冷清的季节是夏季，只有些个老人。因为地里活忙，中青年白天都上地里干活，根本没有闲工夫。傍晚回来又累得不行，吃过晚饭就都早早地上炕睡觉去了。春秋两季热闹一些，但最热闹的是冬季。到了冬天，地里没活，家里冷冷清清没人说话，冷了围了火炉又煤气呛人，不去烤场真是傻上加傻。走，去烤场，一带门头也不回就去了。刚走出院门就听到烤场那边传来了滔滔人声，走出过道一看，呵，那人多的，不像赶集也像杀猪，热闹，暖和！

烤场烤火说闲话，上午一场，下午一场，晚上一场。其中晚上那场最热闹。

烤场是块平地，冬季有火堆，其余季节则没有。烤场四周有很多用废弃转头垒的座位，不属私有财产，谁来谁坐。年长日久，砖头的四角都磨圆了。很多老闲人嫌砖凉或嫌砖低，来烤场必带小马扎一个，就像当年上地必扛锄头一样。人多的时候砖座就不够坐了，自然就有许多人站着烤火说闲话。若站久了，身边坐着的人会自觉地给你让座让你享受一会——坐久了也想站站。就这样，坐一会站一会，站一会坐一会，你没座也就有座了。坐着的和身边站着的，说来也是一次小小的缘分。说闲话少不了抽烟，中青年闲人都抽纸烟，老闲人则一般都抽旱烟。抽旱烟此时的优势是可以省去给别人散烟。白天，烤场上空烟雾缭绕，真乃"日照烤场生紫烟"。夜里，远远地望去，烤场上一片红烟头，忽明忽暗的，就像一片萤火虫，煞是壮观。有的老闲人还会用塑料瓶子冲了茶水带上，以供战时补充弹药好扫射那一张张露着黄牙喷唾沫星子的嘴。

烤场上议论的话题，上至天文下至地理，上至联合国秘书长安南下至村圪崂的张三李四，以及各级农村新老政策、附近村里的奇闻逸事、各自家中的苦乐，等等，无所不说，无所不谈。美国又欺负哪个小国了，谈一阵子；国家哪位领导人退二线了，谈一阵子；一个新农业政策下来了，谈一阵子；附近村里谁谁家的亲戚的亲戚的亲戚死了，谈一阵子；谁从县城的小摊上买了几包假老鼠药，谈一阵子；后街谁谁家的二小子去哪个村相了一次亲，谈一阵子。谈着谈着，也有意见不同甚至截然相反的，由此常常就能争得脸红脖子粗、唾沫星子对着喷，差点就动起手来，把带过来的小孙子吓哭了也不罢休，直至大家好言相劝个把钟头才又伸手去烤火听闲话了。这样，他们就成了烤场这次聚会的中心人物，其他的闲客回到家里也就有了闲话之外的闲话：谁谁和谁谁在烤场因为什么什么事骂爹骂娘差点半头砖上了头，听得老婆孩子都瞪大了眼饭都差点送到了鼻子里。

在烤场所有的烤客中，文化程度高点的、经常看报纸听收音机的和在外面工作的说得还比较客观、公正，而有些就说得添油加醋、过于偏激了，发表的看法和感想更是不着边际。比如中央免除农业税的文件下来了，有的就说："这税免了，地不就是咱的了？"又有个就接着说："估计有问题，公粮都不用交了，粮食可能要大降价了。还是出去打工吧，挣一个钱就一个钱，这地里种不出名堂来！"怀念"吃大锅饭"时代的就说："哎呀，是不是又要把地合起来了？生产队、大队、公社、革命委员会、大锅饭，是不是又要平反啦？大锅饭好，不累人。"

后街有个叫安东的老头，一天被众人刮目相看起来。那时烤场上又说起联合国秘书长了，一个老光棍突然就来了灵感："哎，安东，安东！安东，怎么叫安东呢？安南是你什么人呐？难道是你兄弟？哎呀，不得了，真不得了！哎，我说安东，你咋不让安南从联合国给你找个差事干干，打个零工什么的，工钱起码给你开八百！"安东坐在那儿两眼发直，激动得不知如何是好，一时间竟然和安南沾了亲，那还了得？可刚几分钟过去他就蔫了下去："哎，亲个屁，人家是外国人嘛！俺娘咋会生个外国人呢？"顿时一片哈哈大笑。

冬天烤火，最耐烧的是片柴。由于片柴不好找，各烤场都很珍惜自己的片柴，热心的闲人骨干还经常从家中带来片柴奉献给自己所属的烤场。片柴紧缺时，两个烤场还会指使小孩子们互相偷片柴。那年西头烤场不知从哪儿弄来一个大榆树根，很是耐烧，每天晚上散场时尿灭，第二天接着烤。东头关帝庙烤场片柴断了，马上面临着熄火灭场的危机。于是就有人喊来在观帝庙里玩耍的几个调皮小子，让他们悄悄到西头烤场偷那个树根。这几个调皮小子被这群闲客们一鼓动，干劲十足，一个个都变成了小兵张嘎，从庙里找来一根铁丝后就由那个最大的男孩带领着出发了。这群小子悄悄埋伏到西头烤场附近的一个砖垛后，久久地观察着，等待着。过了一会，不知是谁擦掉了一块砖砸了村东头奎蛋子的脚，刚一"哎哟"就被突击队长捂住了嘴："别喊，忍着点，让他们知道了还不挨打？"队长手里传出一个放屁似的声音："俺……俺得回家……我的娘……俺的脚流血了！""回家找你娘去吧，千万别出声！"队长手里又传出一个拐弯的屁，算是听从了他的话。手放开了，奎蛋子大喘着气一瘸一拐地跑回家去了。

等啊等啊，怎么还不散场，这群猪崽子要烤到天明啊？突击队长都有点急了。又等啊等啊，终于听见了尿树根的"噗噗"声。好，大功即将告成！突击队长像即将立大功似的激动得口水都掉了下来。等那几个烤客都走回家去了，突击队长飞一般跑过去，用铁丝拧住还冒着尿烟的树根就拖起来。一阵风吹来，尿烟包住了一个队员，"臊！""臊你个头，快拖！"

这群小子把树根拖到关帝庙烤场时，这里仍很热闹。一见树根来了，皆大欢喜，马上滚到柴堆上引了起来。"什么味？是臊味吧？"突击队长答道："就是，西头的人真不要脸，灭树根用尿浇！"烤客们听了这一奇闻，爆笑得雷声隆隆，就像一捆鞭炮掉进了火中，笑得片柴上的炭灰哗啦啦往下掉。笑够了就又夸起突击队长和小子们："英雄！你们是咱东头的英雄！"小子们听了，好不高兴，一个个挤到火堆旁主人似的鼓捣起火来。

可是这群小子们回家后却遭殃了。原来光顾疯玩了，作业都没做，挨打的挨打，挨骂的挨骂，"英雄"们又都一个个又都成了狗熊。不过突击队长却没有一丝的后悔，当一回"英雄"，屁股上挨几巴掌，值！

这烤场，是村里许多闲人特别是老闲人们的精神圣地。每当他们腰别旱烟袋、手提小马扎走向烤场的时候，那感觉就像是在赴一场丰盛的酒宴。烤场，已成了他们生命中不可或缺的一部分。

斗转星移，岁月的河流永不停息地向前流着，烤场上的面孔也一年年在变。老闲人的面孔一年比一年老，隔个一年两年的还会永远地消逝一张熟悉的面孔。而每当此时，烤场总会冷清好一阵子。然而，过去的终将过去，快乐还要继续，生活还要继续。所以烤场永远都会人气兴旺的。

烤场，趣味无穷；烤场，其乐融融。

沙土坑

沙土坑就是我们村南的那个全村最大的坑，由于黄沙多故而叫沙土坑。许多年前这里是个麦场，后来村里定点在这里掘土，很快就成了全村最大的土坑，大小差不多能顶半个村子，是我们村名副其实的"标志性建筑"。沙土坑形状是个不规则的圆，坡有缓有陡，最陡的成了小小的悬崖。沙虽多但不是好沙，不能做建筑材料，只能供村民们灌香炉用。其实也可以装在布袋里当沙袋，但在农村地里的活都干不完，谁还有那闲力气去练拳？

小时候，沙土坑是我们这群孩子的乐园。春天，草儿发芽，青青绿绿，还有各色的野花点缀其间。微风吹来，草浪起伏，花儿摇曳，比城市里的花园要美得多。放羊时，我们用砖头把橛子砸进地里，再把羊拴在橛子上。任它吃去。我们获得了自由，和小伙伴们三五成群玩。摔跤、逮蚂蚱、捉蝴蝶、采野花、玩尿泥、捉迷藏，想玩啥就玩啥。累了，就地一滚，草儿软得很，舒服极了。以彩霞为被，以草地为床，春风拂面，真是一种难得的享受。有风筝的就拿来在这里放，你拉拉我拉拉，等天黑收下来，早已是一身破洞了。

若是夏天，那就更好玩了。夏天雨水多，沙土坑大部分时间都有水，自然就成了我们的游泳池。我们脱光了衣服跳进去，身子立刻就轻了，感觉就像在天上飞的鸟儿。大的游泳，小的扑腾，黄水黄皮肤，一片水声、叫喊声，好不热闹！不断有跑上岸的，就地往沙土里一滚，浑身是沙，大有抹香皂的快感。飞跑着跳进水里，似乎感到身上多日积攒的泥垢一下子掉了不少。约莫三两天就会有一个挂彩的。扑扑腾腾中，突然一声"哎呦"的尖叫，大家就知道又报销了一只脚。那个受伤的哭喊着一只脚跳上岸，一看脚掌上刺了一根筷子粗的草茬，立刻就哭得更厉害了。几个大一点的孩子看见这刺也有点害怕了，就都光着屁股把那个伤员抬回了家。

有的年头水里还有鱼，大多是青背白肚的鲤鱼。好家伙，捉！用手捉来捉去捉不住，就拿竹筛子。呵，筛子下去上来就有鱼，几乎没有落空的。捉着捉着，学都忘上了，直到看见母亲拎着小木棍骂着"败家子"跑过来才反应过来。还捉什么鱼，扔下筛子就跑，幸好没忘拿衣服。等跑远了，钻到小树林里胡乱穿上衣服尿也来不及撒就往学校跑。跑到教室门口猛一刹车举起右手大吼一声"报告！"同学们看这家伙头上衣服上全是泥，扑哧哧都笑起来。老师扭过带着高度近视镜的一本正经的脸问道："怎么又迟到了？""家里浇地，我帮着浇地了！""哦，进去吧！"声音像是电视里的老夫子。

这人虽是在教室，可心里还在挂念着坑边罐头瓶里的鱼，可别让母亲给踢飞了。放了学赶快跑去看，鱼还在，顿时欢喜至极。提回家，见母亲也不提那事了，一颗心终于落下。可这鱼总得有个鱼缸啊，可不能让它们挤在一起连气也透不过来。找啊找啊，找到一个大面盆，正合适。逮住时机，见母亲正在灶火旮旯儿里忙活，偷偷搬了面盆到羊圈里。灌了水，放了鱼，见那鱼欢欢快快的，别提心里有多高兴了。吃了饭，去看看，从兜里拿出半个馒头掰进面盆里；睡觉前，再去看看，嗯，还活着；第二天早上起来再去看看，呀，鱼呐？面盆呐？喊叫了半天母亲才在灶火旮旯儿里话中有话地说道："哎呀，狗蛋长大了，知道帮我忙了，还逮鱼给鸡吃！鸡吃得可欢了，保准能下大鸡蛋！"

到了秋天，沙土坑里的草黄一片绿一片，各种形状的都有，就像一张巨大的彩色地图。采野果吧，黑的红的，酸的甜的，能叫上名字的和叫不上名字的，任你采去。有一种紫色的花叫老婆酒，摘下那长喇叭形的花把喇叭嘴儿含在嘴里一吸，甜丝丝的，比红葡萄酒都甜！

冬天沙土坑也是很好玩的。几个伙伴一块到沙土坑边沿的沙壁上学着村里关帝庙的样子凿窟抠庙，弄出来还真像那么回事。离家近的从家里偷来一个馒头掰开放在供桌上，觉得老神仙满心欢喜，老神仙欢喜自己就更欢喜。有素还得有荤，从沙壁上抠出几个不知名的虫卵供上，荤素齐备，老神仙必是急着要吃了！赶紧并排连磕三个碰地头，双手合十许个愿——让我考上大学啦，让我将来当大官啦，让我将来娶个好媳妇啦，等等，五花八门，竟然还有强烈要求换个妈的，说自己的屁股早就挨够巴掌了。许完愿赶紧手拉手躲到一个老神仙看不见的隐蔽地方，这是为了让老神仙赶紧解解馋——老神仙当着人面狼吞虎咽也不好意思，这叫体谅老神仙。过了三五分钟跑过去，尽管供品都还在，可我们心里却都乐开了花，都认为老神仙已经吃过了，把供品的魂儿吃了！于是都相信自己许下的愿必会成真，心里便升起一股小小的满足感。

晚上，伙伴们玩着玩着感觉冷了，于是就有一个出主意说："咱们到沙土坑点火玩吧！"一呼百应，跑着去找齐火柴、木棍，雄赳赳气昂昂地就出发了。到沙土坑后划着火柴，那焦焦的干草立刻就噼噼啪啪地蔓延开了。脸烤红了，身子烤热了，也断不了有烤焦棉鞋的。大家一人拿一根木棍以备火大了灭火时用，各自负责火圈的一段。后来，火圈越来越大，大家相距越来越远。其中一个叫道："我的娘，这火要再大了灭不了咋办？公安局还不把咱都抓走了？！""别喊娘了，灭！"于是一个个猛虎出山似的灭起火来，速度能超过消防队员。灭罢了就又有人提议说："烤火山吧，弄一堆，又好玩又着不了大火！"于是乎，拔草的、堆草的、踩草的忙成一气，不一会就堆起一个小草山来。拿火柴的将一根火柴用左手中指紧按在擦板上，退到几米远处冲草堆用右手中指一弹，只见那根正喷火的火柴翻滚着飞向那小草山，不偏不倚正飞进中坡，随后就听到草堆里的噼噼啪啪声，不一会就火光冲天了。大家叫着、跳着，欢快地像是娶了小媳妇。那熊熊的大火烤肿了脸蛋，烤烫了衣服，映亮了整个的沙土坑。大火吼叫着向天上窜去，冲起了浓烟，冲起了草灰，冲起了所有人的激情。村里串门的回家去，见那熊熊的大火还以为打仗了，猛然间就想起了院子里的老地窖，心想明天得把地窖修整修整，万一真打过来了孬好有个洞洞钻。

若是下雪了，沙土坑也是个快乐大本营。雪仗自不必说必然要打，堆雪人更有乐趣。先滚个雪球，滚不动了就开始往上扣雪，一捧一捧地扣，煞是执着。扣大了就修，抠来抠去真像是泥瓦匠在盖新房。修得差不多了就抠眼，抠两个大窟窿塞两个土坷垃。该鼻子了，好办，上到榆树上"咔嚓"一声就折断了一根拇指粗的树枝，然后双腿夹树"嗞"的一下滑下了树。不料，滑到地上后又"咚"地坐在了地上，扭过脸来一脸的哭相："俺滑得快了，刹不住车，屁股和大腿根都滑烧了，谁知又蹲了一屁股！嘻！"下面的一个早等不及了，夺过树枝就跑过来用脚踩住粗头又"喀嚓"一声折了一脚长的枝段，连拧带砸地弄进了雪人的鼻子。退两步看看，嗯，凑凑合合，总比雪鼻子强。最后只差一顶帽子了，这时大家都不约而同地相中了最小的女孩子二丫头上的小红帽，于是连哄带骗给雪人戴了上去。就这样，一个漂亮的雪人就堆成了。

晚上二丫早早地就上床蒙了被子，等二丫妈上床睡觉时才发现二丫在小声地抽泣。二丫妈问她怎么了，有人欺负你？二丫就哭得更厉害了。二丫妈哄了好一阵子她才带着哭腔断断续续地说："俺帽……帽子……戴雪人头上了……哥哥们让戴的……俺……俺想俺帽子啦……唔……"二丫妈大骂一声："这群兔崽子，我打断你们的腿！二丫，别哭，娘给你拿去！"说着就下床拖拉着鞋往外走。二丫在被窝里冲她妈喊道："娘，那雪人可好看啦，你把雪人也给俺搬回来吧！"

沙土坑，一年四季都充满了童趣。沙土坑是孩子们的公园、幼儿园、游乐园和鲜果店。

沙土坑里还有一个神秘的墓室。那年村里有人雇来推土机推土建地基，推着推着就在北坡下面推出一个大窟窿，漏下了一大堆土。幸亏司机机灵，不然就连人带车掉进去了。几个大人跳下去挖，不一会就挖出一根粗木梁来。挖完了土，就又现出一个四方的深砖坑来。坑墙是用老青砖砌的，早已松软不堪了，掉下了一堆堆的砖末儿。南墙上有个砖垒的窗户形的建筑，只有砖没有窗，谁也不敢捅开，怕遭到这墓主人的诅咒。到后来这个墓室就又被埋住了，从此以后再也没有挖过，也没人提过，不少人都忘了这事。至于里面到底有什么，那就不得而知了。

所以这个沙土坑又是神秘的。

收麦与打麦

我的家乡冀南平原，最主要的农作物是小麦。小麦深秋时种，第二年六月份熟，家乡人把收小麦的那段日子叫麦天。麦天学校都放假让学生回家帮家里收小麦，假期叫麦假。对家乡人来说，麦天是一年中最苦、最忙、最紧张也最富有激情的时期。

我小的时候，家乡已推广了收割机和打麦机，但联合收割机还没有踪影。因此，收麦与打麦就成了麦天最主要的两项任务。六月天，天气炎热，活又相当重，但却不能拖延时间，必须抢着尽快收完。老天爷的脸说变就变，收麦子真正是"虎口夺粮"。整个麦天，那简直是拼了命地干。每个家乡的农人都不会忘记那些激情燃烧的日子的。

在麦子基本成熟的时候，得首先从地头割一小块麦地轧成硬光地，这叫麦场，供堆放麦子和打麦时用。等麦子全部成熟了，雇来拖拉机头收割机把麦子扫平，然后就开始收麦子了。

六月的太阳像火盆一样炙烤着大地，烤得人们近于恍惚。毒辣的阳光暴晒着皮肤，那真像是要把人就地烤熟。没有一丝风，热气罩住大地死死不肯流动。可是人们不怕，人们就要拼了命把麦子收回家，你老天爷岂能阻挡！割了麦子的立刻全家出动，驮了草绳，带了凉开水，雄赳赳气昂昂地就出发了。这么热的天穿得少了固然凉快，可是麦芒扎人，必须得穿长袖衬衫和裤子。到地里一看，呵，这里早已是一片繁忙景象了。干！小的散草绳，大的抱麦子、捆麦子，立刻就进入了战斗。

草绳都是一米多长，隔了几十厘米散一条，用之前还必须用水泡一泡以增强韧性。麦子是横着倒的，收麦子时得先用脚帮着聚一聚小麦，然后弯腰抱一大把放到草绳上，下一把再头尾相反地放上去，最后拽起两个绳头把小麦跪实拧紧，这才算收了一捆麦子。就这样，一捆、两捆、三捆，蚂蚁搬家似的抢收着麦子，一直得收三四天才能收完。收麦子是很受罪、很难熬的。太阳烤，麦芒扎，更重要的是劳累。人们收麦子时弯腰直腰直腰弯腰，不一会就腰酸背痛了。一撸袖子，小胳膊上一片红红的小疙瘩，又疼又痒。时不时汗水浸进眼里，涩疼。又累又热，必然得不停地喘粗气。有时热得头皮发胀，好像要爆炸了似的。脸上又红又烧，俨然两块红烧肉。毛巾当然不能少，但不一会就吸满了汗水，得不断拧。由于出汗，少不了喝凉开水，每次都是把肚子都喝圆了还想喝。时间紧任务重，每天天黑时才能回家。回到家里，浑身疲软，饭都不想吃。吃过饭，往床上一倒就睡下了，不一会便鼾声四起，一个比一个响。第二天天刚蒙蒙亮就得起床往地里赶，早上凉快，这点时间是万万不能错过的。三四天，就是一场接近身体极限的挑战，是需要相当的意志和耐力的。

麦子收完了，紧接着就是往麦场上拉。那时三马车并不多，大部分人家还得靠人拉排车。一趟、两趟，等拉完麦子，那麦场上的麦垛早已堆得像山一样高了。

割得早收得快的，收完了就会去哥弟或邻居地里帮忙，因为打麦必得是好几家一块打。等事先约好一起打麦的几户都收完后，那热闹非凡的打麦就开始了。

拉来柴油机和打麦机，安装好后几个人合力摇开，随着柴油机震耳欲聋的声音响起，紧张而激烈的打麦就开始了。有在麦剁上解麦捆的，有往打麦机中送麦子的，有挑麦秸的，有端麦子的，相当忙碌。小孩子们也不能闲着，他们的主要任务是在麦垛上往打麦机旁搬麦个子，一个个猛得像小老虎似的。这真是一场激烈的战斗：柴油机的响声惊天动地，打麦场上尘土飞扬，人们在呛人的尘土中奔走忙碌……还有什么比这更激烈的呢？

几个小时后，麦子终于打完了，大家都深深地舒了一口气。主人家驮来啤酒、汽水、馃子、馒头，端来早已准备好的炒菜、凉菜，大家吃的吃喝的喝，好不痛快！麦子打了，麦天最大的任务已经完成，谁能不感到高兴、欣慰呢？

在一年当中，麦天是最艰苦、最热闹、最富有激情也最难忘的一段日子，家乡的农人们谁会忘记那些日子呢？

近些年，联合收割机渐渐在家乡推广、普及了，从那以后就再也不用收麦、打麦了。然而每当人们提起那些年的麦天时，总是会禁不住地激动万分、心潮澎湃。尤其是中年人，他们在那金黄的麦地里，在那热火朝天的日子里燃烧过青春的激情，留下了一生中最辉煌的记忆。当年，青春、拼争……

当然，我也永远不会忘记收麦与打麦。在那些艰苦的岁月里，在那坚韧的拼争中，我获得了一生中最宝贵的财富——吃苦精神。

一豆油灯苗儿

　　我从冀南平原的古老乡村中长大。在我灵魂的深处，一直有一豆小小的油灯的灯苗儿在静静地燃烧。它燃烧在过去故乡夜里的一座古旧房子里，屋子里闲坐着一些乡亲，似乎还有小小的我。那豆油灯苗儿小小的，真就像是一粒黄豆那么大。它昏昏黄黄，柔柔弱弱，下面是积满了油垢的旧玻璃油罐和斑斑驳驳的古木桌，上面是它吐出的袅袅升腾的淡淡的油烟。它昏黄的灯光弱弱地努力地照着整个屋子，昏黄的灯光照在乡亲们的脸上，使他们古朴的脸庞更显古朴。不时地，它会柔柔地摇曳、跳动几下，而后就又恢复了平常的宁静。它是古老的，是神秘的，我无法找到能用来比喻它的事物。是老人？是故乡？是历史？是生命的起源？是世界的起源？都不恰当。还是说它就像它自己吧，这虽说是绕了个弯子，但我觉得若是非要用比喻的话也只有这个比喻是最恰当的了。

　　这豆油灯苗儿在我的灵魂深处燃烧了许多许多年，好像我一出生它就燃烧在我的灵魂深处，或者它在这个宇宙中永恒地燃烧着，我的降生只是使我的灵魂来到了它的旁侧被它照亮。到我离开了这个世界，我的灵魂将消逝，而它仍会继续地燃烧，永恒地燃烧。我无论如何回忆不起它是从什么时候开始在我的灵魂深处燃烧的，无论如何也回忆不起。这豆油灯苗儿在我的灵魂深处燃烧了那么多年，从我出生到现在，不能不使我对它产生深深的感情。然而这感情究竟是怎样一种感情，我却始终朦朦胧胧想不明白。它是我的生命？是我的灵魂？是故乡？是大地？是故乡久远的历史？是关于生命和故乡的一切？我始终想不明白，当然也就说不清道不明了。

　　这许多年来，这豆油灯苗儿一直燃烧在我的灵魂深处，伴着我来到这个世界上，伴着我长大，伴着我继续在人生的道路上一步步前行。它是第一个来到我的灵魂中的，也将最后一个离去。时日久了，我感觉它已成了我灵魂的守门人，它支撑着我的整个灵魂。然而，我却始终想不明白它，说不清楚它。这许多年来我一直在想它，然而却始终想不明白，想了许多许多年只想出这么一个朦朦胧胧的答案：它是古老故乡里的一盏灯，从过去的故乡里悠悠照来，它或许是古老故乡的一个象征吧。关于它的一切，都是与古老故乡相关的。

是的，或许是吧，或许是这种感觉。或许是这种感觉，也只能用或许了。

是的，有些事情是说不清的，正如我们说不清的生命，正如这个说不清的世界……

小小的油灯苗儿啊，你继续在我的灵魂深处静静地燃烧吧……

乡村夜里的狗吠声

若要给旧时中国乡村的夜找一个东西来代表它，大约一盏昏黄的煤油灯是最为合适的了。而若要找一种声音来代表它，恐怕就要数"呜呜"的狗吠声最为合适了。在乡村的夜里，尤其是在旧时乡村的夜里，常常能听到这"呜呜"的狗吠声。时而是寥寥的几声，时而就连成了一片，甚至好多村庄的狗都叫到了一块。那"呜呜"的狗吠声汇合起来回荡在村庄的上空，真有一番翻江倒海的气势。没有了这狗吠声，乡村的夜不知要变得怎样地死寂。

这"呜呜"的狗吠声是一种很特别的声音，给人一种很特别的感觉。在乡村的深深的夜里，尤其是在深深的冬夜里，当远处传来一声声的狗吠声时，这深深的夜便变得更其深了，深得使我们感觉不到夜的边际，夜的尽头。这深是一种难以说清的深，漆黑、深沉、深奥、深邃。这深的感觉，好像是整个世界被扔进了一个无底的巨大的布袋之中，漫漫而没有边际。由于这深，夜变得深了，世界变得深了，时间变得深了，梦变得深了。一个渺小的灵魂掉进这深深的夜里，无法感觉到它的边际。或许只有捂着被子进入深深的梦里，才是对抗这深深的黑夜的最好的方式吧。其实这夜也许本没有这般地深，或许是那从漆黑的远处传来的狗吠声才使这夜变得如此地深了吧。

在这安静的深深的夜里，这些各自看不见的狗们你一声我一声，此起彼伏、连绵不断地叫着，他们这是为什么呢？是在诉说着属于他们的古老的故事吗？是在商议着什么行动吗？这其中肯定有他们的秘密在里面，而这秘密是我们所无法破解的。我们有我们的秘密，狗们也有狗们的秘密。

这"呜呜"的狗吠声，叫响在乡民们宁静而朴素的夜里的生活里。

夜里，尤其是在冬天的夜里，乡民们是没有什么事的，于是便会走门串户地唠嗑。一盏昏黄的煤油灯下，人们揣着手天南海北地唠，抑或是听一个老者不紧不慢地说古。老者徐徐道出的那些古旧的事，也使这深深的夜变得更加地深了。在这样的夜里，一些好奇的孩子喜欢听老人讲鬼故事，尽管常常被吓出一身冷汗来，然而第二天夜里总又会被吸引着围上来。在这样的夜里，捉迷藏也是孩子们常玩的一个游戏。这是个热闹而刺激的游戏，极受孩子们的欢迎，常常那兴奋的喊叫声传得整个村庄都能听见。而这样的夜里，不管人们在干什么，那"呜呜"的狗吠声总是时断时续地从远处传来回响在人们的耳边。这狗吠声是这安静的夜里唯一的声音，它是夜的声音。这夜的声音叫深了这夜，叫浓了这夜的韵味。

…………

写到这里，我又一次无奈地感到自己文字的苍白无力了。写了这么多，可我到底又写了些什么呢？我清醒地判定自己根本就没有写出更没有写好这乡村夜里的狗吠声，我为此感到深深愧疚。而或许，这乡村夜里的狗吠声本来就是说不清的吧，是只可聆听回味而无法言传的吧。或许是这样的吧。世上有些东西本来就是说不清的，也是不需要说清的。正因为有了这些说不清的东西，我们对世界、对生活、对生命才时时充满了无限的新鲜感，也才更清醒地认识到了自己的渺小。既然如此，那么就让我们小心地珍藏起这些说不清的东西，让它作为我们心灵的一盏灯来吸引着我们一步一步地向前走去吧……

药罐子

在我的故乡，旧时向来就有"十人九病"这么一说。十人九病，何意也？意思就是说十个人中有九个便是要得病的，不论大小和早晚。事实上也的确如此，人生在世，寒来暑往，早出晚归，日夜奔忙，谁能不碰上个大疾小病呢？尤其是故乡那些生活在黄土地上的农人们，他们常年地在黄土地里用尽自己生命的力量来耕作，生活的重压和吹打总会难免使疾病爬上他们的身体的。得了病，便要看先生，便要抓药、熬药、喝药，于是便要准备药罐子。药罐子，就是专门用来熬中药的砂锅，用陶土和沙烧制而成，形似一个两头都切掉一小部分的西瓜，平底儿，上半部各伸出一个粗粗的把儿和一个用来倒药的嘴儿来。由于药罐子并不像日常生活用品那样容易买到，况且头疼脑热的小病又用不了几天，因而大都是向有药罐子的人家借。然而，这借药罐子这么一件简单的事，里面却是有着许多的说法的。

关于借药罐子，最早的说法是这药罐子是不能借的，借什么也不能借药罐子，因为借了药罐子也就是把人家的病给借来了。这种说法流传得少一些，或者说是短一些，并不多见，大约是由于太不便利的原因吧。通常的情况下，这药罐子还是能借的。但是借药罐子简单，这还药罐子却是非常有讲究的。一种说法是，借了药罐子是不能直接还给人家的，意思是这样也就把病还给了人家，不吉利，会使人家不高兴。那么这药罐子怎么物归原主呢？这得让人家自己来拿，人家知道你家病人好了之后主动来你家把药罐子给拿回去。还有一种说法是，这药罐子也是能直接还的，但还的时候要抓些米或面放在里面，表示这还的不是治病用的药罐子，而是别的东西。主人家接过药罐子，看见里面的米或面，会意地一笑，大家便都心有灵犀了。而其实，常常人家也是并不要这药罐子的，因为这药罐子本来便不值几个钱，何况又那么说不清道不明的。药罐子的主人是病人，谁患病了这药罐子便是谁的，谁患病了这药罐子便住谁家。待又有人患病了，人家从药罐子的上一个主人家里打听到你这儿来，或直接找到你这儿来，这药罐子便又有了新的主人。于是，这药罐子便这样一个主人一个主人的，一家一家的串门、流浪，直到有一天或偶然或必然地坏掉。至此，一个药罐子才最终完成了它的使命，走完了它辛劳而坎坷的一生……

小小的药罐子，与人们的生活有着割不断的联系。小小的药罐子，是患病的人最为忠实的朋友。在辛劳的生活中，当你生病了，于是便请药罐子来帮忙，此时，药罐子便是你的希望，便是使你坚强地熬下去并最终战胜病魔的坚定信念。它不辞劳苦地熬着药汁给你喝，一罐又一罐，直到你的病彻底好了它才会歇下来。它用药汁默默地医治着你病痛的身体，同时也用自己执着的坚持默默地激励着你脆弱的精神。它只是默默地做着这一切，从来不说一句话。而当你的病好了，把它放在一个寂寞的角落，它便又开始了自己的等待，等待着下一个需要它的病人，等待着它的下一个主人，等待着它下一次的辛勤劳作。只要人间的疾病没有绝迹，只要它还没有坏，它的使命便没有尽头。经过了一户又一户人家，经过了一个又一个主人，经过了一尊又一尊火炉，这小小的一个药罐子，已变得遍体鳞伤，满目创伤，成了一部沧桑的历史。一个药罐子的一生，不知要救助多少个人，治愈多少次病。病得越久、越多的人，与药罐子的感情便越深，甚至日子久了这病人便也会被人称作为"药罐子"，这病人与药罐子的生命已经融为一体了，他们已经相依为命了。而常常，这药罐子也会陪伴着病人走完生命的旅程。在这人世间，这病人与药罐子的感情，该是多么地深沉而难以言说啊……

而这些关于药罐子的说法，其实都是折射出了人们向往健康平安的美好愿望，美好的梦、永恒的梦。这些关于药罐子的说法流传到了今天，其实也是人们向往健康平安的这个永恒的梦流传到了今天……

串门吃饭

在城里住久了，便会怀念住在乡下的日子，怀念乡下美丽的田园风光，怀念乡下缓慢的生活节奏，更怀念乡下浓浓的人情味。每当在小区里听到"嘭"的一声绝情的关门声，便会想起乡下邻里之间每日必不可少的串门的情景。是的，在城市里对门不相识，在乡下却是每日必串门，甚或吃饭时邻里之间也是要走一走、串一串的。这是乡下很独特的一道人情风景线。

农忙的时节，必会串门。庄稼的成熟程度需要对比，自家没有的农具需要借用，收庄稼时的大活计需要联手，种上庄稼后浇地的机井需要排号，诸如此类，农忙的时候，都得充分利用吃饭时间沟通、协商、敲定。于是，端出青花大瓷碗舀上饭，胡乱扒拉几口菜便急匆匆地出门了。正值饭点的时候，邻居家通常也在吃饭，于是便坐到邻居家的石墩上，或者圪蹴在地上，也或者就直接入了邻居家的饭桌吃起饭、说起事来。此时的吃饭，正事夹杂着闲话，语言混合着米粒，吃饭吃得像开会，大门外都能听得见。一碗饭下来，一些重要的事往往就定了下来。不过，一碗饭下肚，作为主人的邻居不会让你空着碗，都会热情地给你盛满饭菜，直到你吃饱才会罢休，谦让也没有用。

农闲的时候，也少不了串门。平日里忙碌的农人，难以习惯长时间的农闲。于是，吃饭的时候，便常常会端上饭菜走门串户，有时甚至会全家结队串门。出发的时候，还会顺手捎上自家独产的瓜果李枣给邻居品尝。到了邻居家，大家一边吃饭，一边聊些土地收成、新病旧疾，抑或家长里短、鸡毛蒜皮，都是一些无关紧要的事。大家闲散地吃着、聊着，往往便会忘记了时间，吃饭常常吃到半晌，回家的时候也常常会带着邻居回赠的吃食。如果是晚饭，又碰巧几家大人孩子凑到了一起，便会在油灯之下说起古来，一直说到月儿偏西，半夜鸡叫。于是，大家便在意犹未尽之中，各自走回家去。

乡下的串门吃饭，沟通了农事，联络了感情，消除了寂寞，是农人生活中不可或缺的重要内容。除此之外，关于串门吃饭，也还有着不少的趣闻。有的惦记着庄稼的成熟程度，端着饭碗一直就走到了庄稼地；有的邻里两家大人早有心意，于是便在媒人的撮合下，吃着饭便将孩子的婚事给定了下来；有的邻里两头性子烈，吃着饭抬起杠来，双方互不相让，闹得摔碗掀桌子；有的嘴快话多，一碗饭下来能串半条街，因而也就成了村里消息最灵通的人……

小时候，我家常常有邻居端着饭菜来串门，我有时也会端着饭菜到邻居家里串门吃饭。在大人们稠稠的话语中，我总能感受到一股暖流在心头流淌，总能感受到浓浓的人情味在村庄上空飘荡。只是这串门吃饭的情景，我已有多年未再见到了。

我家的老邻居，你家的饭菜做好了么……

枣树记

　　这是冀南平原里的一个村庄。

　　一九二六年春，村里的一位教书先生从集市上买回一棵枣树苗，栽到了自家的私塾门前。是年，中国时局动荡，军阀混战，这个小村庄倒显得平静。

　　一九三七年秋，日军占领村庄，烧杀抢掠之后，开始伐木修筑炮楼，尤喜枣树。一队日本兵来到枣树面前欲伐之，却因树脖子歪而放弃。枣树逃过一劫。

　　一九四三年春，处在大灾荒中的村民将枣树叶撸光吃掉，后又刮掉几片枣树皮来吃。因枣树皮又干又硬，此后便无人再刮。翌年春，受伤的枣树竟又长出了新芽。

　　一九五八年秋，在轰轰烈烈的"大炼钢铁"运动中，枣树所有大大小小的树枝均被砍掉作木柴烧，只剩了光秃秃的树干孤零零地站在那里。翌年春，枣树长出新芽。

　　一九六六年夏，特殊时期开始。由于枣树有一粗大树枝横伸向大街中央，因而被红卫兵们修整后挂上了一面忠字旗。此后十年，忠字旗数次换新。

　　一九八四年春，主人家盖新房，嫌碍事，欲刨掉老枣树。工头说，别刨，锯掉树头就行，树干充当脚手架杆子，挺好。工头安排两个工人锯掉树头，剩下树干充当了脚手架杆子。新房盖好，新芽吐出。

　　二〇一一年秋，新农村楼房在村南盖好，全村老小住进楼房，只剩了老枣树每日望着这空荡荡的院落和村庄。虽显孤寂，却也自在。

郭氏蒲公汤

　　这年头，对于我们而言，蒲公英已经成为一种既熟悉又陌生的野生植物了。说它熟悉，是因为在过去蒲公英是很常见的，田间地头，坑中河边，无处不有，随处可见。说它陌生，是因为近年来随着荒地的开发和除草剂的使用等原因，蒲公英数量锐减，几近绝迹。但偏偏是这么一种不被重视的植物，却食药兼用，有着异常高的价值。从食用角度来说，它是一种寻常野菜，可生吃，可凉拌，可炒食，可做汤，味虽略苦，但却清香可口，越嚼越有味。饥荒年代，不知它帮多少人渡过了难关。从药用角度来说，它的价值就更高了。蒲公英是一种珍贵的中草药，具有清热解毒、消炎抗癌之功效，是中药房里不可或缺的一味良药。普普通通、自生自灭的蒲公英，却是一身宝，且只讲奉献，不求索取，品格着实令人钦佩。

　　近来我对蒲公英的浓厚兴趣，来自一个老同学独创的一道特色菜——郭氏蒲公汤。我的这个老同学叫郭彦辉，他从小热爱厨艺，经过多年苦学终成一名出色厨师，在我们当地小有名气。他对厨艺的热爱不仅体现在对烹饪技艺的不懈追求上，更体现在对新菜品的钻研创制上，蒲公汤便是他创制的最得意的汤菜之一。自去年秋天第一次尝到蒲公汤，我便被这道菜深深地迷住了，每到他所在的饭店必点此菜，时至今日丝毫没有味觉疲劳。而通过多次的观摩和请教，我也终于大致了解了蒲公汤的烹制过程。

　　按照彦辉独创的蒲公汤烹制工序，需先将去了根、洗净了的蒲公英切碎放入汤盆中，均匀沥入鸡蛋清。然后，取少量咸蛋黄炝锅，加水后再向锅中放进切成丁的香菇、草菇、鸡腿菇和滑子菇，并加入适量的盐、味精、鸡粉、醋和胡椒粉进行调味。汤沸后，将汤倒入放了蒲公英和鸡蛋清的汤盆中，稍加调和，即成蒲公汤。

此时的蒲公汤，汤汁乳白中晕着淡黄，蒲公英的碎叶碧绿圆润，鸡蛋清洁白如丝丝白云浮于汤面，菌丁黑的黑、褐的褐、白的白，点缀在汤面上，使绿白相间的蒲公汤多了一层厚重感。用汤匙舀一口送入口中，咸蛋黄的绵醇、鸡蛋清的鲜嫩加上蒲公英的清香，那种味道之美，实在难以名状。一口一口咽下去，顿觉口舌生香，回味无穷，禁不住要再来一碗。对于我而言，蒲公汤有着神奇的魔力，总是让我欲罢不能。

　　其实，除了蒲公汤的美味，这种野菜汤的药用功效也是吸引我的重要原因。在这个时代，能吃到绿色无污染的野菜已然成为一种追求。而蒲公汤作为绿色食品，在我用舌尖轻触它的那一刻，将我与自然、与健康完美地联结到了一起。

　　明春，我要手持小铲走向田野，在春风中去挖野菜，去寻找蒲公英那清纯而美丽的身影……

故乡的庙韵

我的故乡在冀南平原。散落在黄土地上的一个个村庄里，可以见到大小不一、或老或新的庙宇。这些庙宇大都是青砖青瓦红门，古旧但不衰败。神位很多，有龙王庙、土地庙、关帝庙、杨仙庙等，应有尽有，但每个村里只有一到两个主庙。这些庙宇见证了故乡人酸甜苦辣的生活，承载了故乡人对未来所有的祈盼。地里的粮食能填饱故乡人的肚子，但满足不了故乡人的精神需求，这些庙宇就是故乡人最钟情的精神园地，也是故乡人最大的精神慰藉。

小时候母亲常带我到庙里烧香拜佛，使我对故乡的庙韵有了一种深刻的体味与解读。（请你不要误会，我们尽可以把这些庙宇和庙事当成一种人文景观来观赏、来体察。）

在一个个有月或无月的夜晚，母亲将香烛和供品小心地放进一个小竹篮，然后叫上我就向庙里走去。我蹒跚地跟在母亲身后，猜想着母亲又有什么新的心愿去祈祷神灵帮她完成。远远地，看见了一片香火，红红的一片，庙前的空地上展开一个巨大的扇形光影。隐隐约约地，还能听见香客们的祈祷声。近了，淡淡的香气立刻缭绕过来，使人忽地就进入了这种安详而神秘的韵境。走进庙里，香气就更浓了，烛光也更亮了。烛火时而静止，时而摇摆，安闲而自在。香客们有的正小声祈祷，有的坐在墙根的石凳上冥想或等待，一个个都是那么静谧、慈祥。香烟萦绕着神塑，使神灵更显得神秘莫测。我幼小的心灵沉浸在这安详而神秘的韵境里，久久地沉醉，恍恍惚惚中感觉自己也化作了一缕香烟在这庙里升腾、飘荡。这种感觉深深地镌刻在了我的心灵深处，永远也无法消逝。

多少年来，故乡的庙韵一直是我心中最朦胧、最深刻的记忆。每每想起故乡，就会随之想起故乡的庙韵。我已无须否认，故乡的庙韵早已成了我生命中不可或缺的一部分。

关帝庙

在农村，哪个村里没有庙呢？不管庙大庙小，也不管庙多庙少，总是有的。一般每个村里都有好几座庙，这几座庙中规模最大的、香火最旺的当然就是这个村的中心庙宇，具有不可替代的代表意义。农历每月的初一、十五，总有络绎不绝的香客们到庙里烧香磕头、许愿消灾，最热闹的是春节和中秋节。大庙前一般都有"广场"，面积常常能抵一座院子。当然，大庙的功能不只是烧香，因为有广场，可以为许多娱乐活动提供场地——扭秧歌、说书、演电影、唱大戏，等等。

我们村也有好几座庙，最大的是关帝庙。关帝庙位于前街东头北侧，面南而立，从大街到庙前台阶的一大片平地就是关帝庙广场，面积近一百平方米。这座庙翻盖时间只有十几年。红砖青瓦，正面墙壁粘着浅绿色瓷砖，门窗均为大红色，远远望去很是好看。庙前台阶中间用水泥筑了一尊四方大香炉，灌满细沙，细沙中露着一片大大小小的黑香头。推门而入，砖台中央高大的关帝塑像立刻映入眼帘。关帝坐一虎椅，头戴华冠，身披大袍，金面绿衣，左手执一古书。虽是威风凛凛，但并不盛气凌人，反而慈眉善面，给人以亲切之感。两侧各有两个站立的小神塑像，一个火冒三丈，一个笑容可掬，一个平静安详，一个眉头紧皱。关帝像身下的供桌上，中央放一香炉，香炉旁整齐地摆放着几捆香火和几根红蜡烛。

农历每月的初一、十五，都是关帝庙香火缭绕的日子，此外还有几个小民间节日如关帝"生日"等也开门。当天下午，管庙的婆婆早早地就把庙门打开了，刚吃过晚饭就有香客陆陆续续地登门了。香客几乎全是老太太和中年妇女，她们大都是胳膊上挎个小竹篮，篮子里放着香火和供品。香火粗细长短不一，有的还带着红蜡烛。供品是多种多样的：花糕、枣馒头、猪肉、鸡肉、各种水果，甚至把切好的西瓜也端来了。到庙里后把供品依次摆上供桌，点上香火，磕头许愿，动作轻盈而认真。若来人多了还要坐在墙角的石凳上等候，不必排队，在这里绝没有乱秩序的。许完愿，收了供品，有的还要在石凳上坐一会以表虔诚，有的则赶紧去串别的庙了。有很多老人都是烧完香后再来庙里歇着的。在这缕缕香烟中拉拉家常说说闲话，也别具一番情韵。她们常常是歇到很晚的，有时能歇到后半夜。

关帝庙广场的用途是很多的。谁家请了说书的，到广场上说；谁家雇了电影，到广场上演；村里集资唱大戏，也是在广场上唱。然而最热闹、最频繁的活动则是扭秧歌。

扭秧歌与关帝庙有着割不断的血肉联系，这不仅是因为秧歌在关帝庙的广场上扭，更重要的是秧歌是香客们组织、香客们扭的，况且扭秧歌的当天一般也正是庙上香火旺盛的日子。遇有重大节日，中年妇女和老太太们必会聚到关帝庙广场上扭秧歌。广场正上空悬一个大灯泡，把大街都照得通明。观众是相当多的，几乎是全村村民。男女老少，高个低个，密密地围了一圈又一圈。秧歌开始后，锣鼓敲着，秧歌扭着，观众看着，一个个都笑容满面。这是村里的一次盛会，是村民们的一大精神享受。

村民们对关帝庙是相当重视的。那年翻盖关帝庙，简直可以说是全村出动。过了几年，还有个村民花钱为关帝庙贴了瓷砖。由于关帝是大多数村民的"精神寄托"，因此对关帝庙虔诚与否在一定程度上也关系到此人的声望。

我们固然不可迷信，我写这些文字只是把它当成一种人文景观介绍给读者朋友。多了解一些事物，总是有好处的。

乡村中秋夜

乡村的中秋夜是美丽的、温馨的，也飘悠着一丝思念的愁绪。

中秋时的乡村，秋意已经很浓了。当红红的夕阳渐渐浸入地平线的时候，田野里开始生出一丝丝缥缈的青雾，空气凉凉的、潮潮的。劳作了一天的农人们在暮色中归去，心里萦绕着节日的幸福、温馨和浪漫。深蓝的夜空已有了几颗星星在眨眼，目送着农人的暮归，也等待着月亮的到来。

在家里，伴着升腾的炊烟，一顿丰盛的中秋晚餐在快乐中不一会就做好了。灯光下，全家人围桌而坐，高高兴兴地共同享受那富有团圆意义的美餐。沉浸在这幸福、温馨的氛围中，不知不觉地，院子里已斜进了淡淡的月光。月光无语，白中孕着红，安详地吻着寂静的院子。走出屋门扭头寻月，只见那圆圆的月亮已慢慢地爬上了树梢。此时的月亮清晰而静谧，还不太明亮，白白的脸庞透着柔柔的红晕，她还在慢慢地向上爬着。

中秋夜的田野是美丽的。待月亮越爬越高的时候，站在村头的高处向田野里放眼望去，一片碎银与墨绿的世界。玉米叶、棉花叶反射着月亮的轻吻，叶子里就都有了一个明亮的月亮。叶子上没有反光的部分和没有反光的叶子墨绿墨绿的，清风吹来便摇出一阵轻轻的脆响。看不见的秋虫弹唱着夜曲，声音低低的，此起彼伏。

中秋夜的村庄是美丽而温馨的。如水的月光泻进村庄，被一段段院墙、一座座房屋裁剪成一条条、一块块，铺在院子里、街巷中，把院子、街巷映得发白。月光照在房屋上，房屋更显静谧、安详。院子里、街巷中，高高低低的榆树、槐树、枣树披上了银纱，满树璀璨，将自己清晰的阴影投到地上薄薄的银毯子上。

吃过了晚饭，老太太和中年妇女们就要开始准备上香的香烛和供品了。香都是一捆捆地用红线扎着，蜡烛都是红的，供品有月饼、水果、猪肉等，都盛在精致的白瓷盘子里。这些香烛和供品都被小心翼翼地放在一个竹篮里。人们提上竹篮，串门时唤上三两个同伴便一块向村庙走去。

庙里是热闹的，远远地就看见庙里烛光摇曳，香头点点，人影走动。近了，还能隐隐约约地看见庙上轻盈上升的香烟。走进庙里，香烟缭绕，一张张慈祥的脸也被映得红光满面。她们小心地摆了供品，点上香烛，磕个头许个愿，愿神灵能保佑全家平安。

上香回来，她们会把供过神灵的月饼按家里的人数掰成几块，全家人合吃一个甜甜的月饼，象征团圆、幸福。

然而在这美丽、温馨的中秋之夜，也有不少没能团圆的家庭。生活在一步步地前进着，乡村里外出打工的青年也渐渐地多起来。在这团圆的中秋佳节，他们仍工作在各自的岗位上。他们不能回到可爱的故乡，不能和最亲的人团圆。在这静静的中秋夜，年轻的妻子思念着丈夫，年老的母亲思念着儿子……

可是这思念的愁绪并不使人倍感失落，因为这遥远的分离是在创造，这愁绪里孕育着希望和幸福呵！

乡村的中秋夜，是美丽的、温馨的……

故乡的夏夜

我的故乡冀南平原位于河北省最南部，是华北平原的一部分。关于故乡，最令我难忘的是故乡的夏夜。

故乡的夏夜很美。当皎洁的月亮悄悄爬上树梢的时候，故乡的一切便都展示出了她们最美的姿态。蓝莹莹的夜空闪烁着亮晶晶的繁星，月亮的到来使夜空变得更加热闹。高高的夜空下，是辽阔的田野和温馨的村庄。田野里，庄稼晒灼了一天，此时都静静地享受着清凉。月光泻下来吻在玉米叶、棉花叶上，使那叶子变得晶莹透亮，像是碧玉雕成的。叶子反射的月光星星点点，数也数不清。抬眼远望，一片月光与碧玉的世界。一阵阵风吹过，田野里一片簌簌的脆响。田地吸了一天的热，此时正散发着一丝丝的热气，但那热气刚离开土面就消散在清凉的空气里了。田间小路或弯或直，在月光的沐浴下像是一条条玉带，又像是故乡大地发光的脉络。蟋蟀、蝈蝈领导着夏虫乐队在草地里、庄稼下奏起田野交响曲，朴素而悦耳。

月光下的村庄是温馨的。如水的清辉泻进村庄后，被一段段院墙、一座座房屋切成一块块银白的轻纱，同时割出一块块沉默的阴影。月光照在新房上，新房熠熠生辉；月光照在老屋上，老屋更显慈祥；月光照在庙宇上，庙宇更显神秘。街巷是村庄的银框架，院子是一块块的银地毯。街巷边和院子里或榆树或槐树或枣树，一棵棵都安详地挺立着，风来了便抖响满树的碎银。街头巷尾，劳作了一天的人们聚在一块乘着凉谈笑风生。芭蕉扇轻轻地扇动，一白一黑的。也有不少在家的，明亮的灯光下，他们吹着电扇或看电视或下棋，其乐无穷。偶或也有赶做孩子衣服和剥棉花桃的勤劳妇女，她们没能沐浴柔美的月光，心里却荡漾着幸福。

故乡的夏夜，最热闹的要数扭秧歌。在我们村，大部分的妇女都会扭秧歌，每逢农历初一、十五她们必会到村里最大的关帝庙前扭一晚秧歌。晚饭刚刚吃过，关帝庙前就传出年轻锣鼓手铿锵的锣鼓声。顿时，全村的男女老少便都赶集一样地向关帝庙聚拢。关帝庙前是一个广场，广场上空此时挑起一个明亮的大灯泡，将整个广场照得通明。当乡亲们越聚越多的时候，身穿花衣、手执彩扇的秧歌队员们就依次出场了。观众们自觉地围成一个圈，秧歌队员们就在这圈中跟着锣鼓的节奏扭起了秧歌。开始时还有点拘束，可不大一会儿就自然了，每个动作都是那样地到位甚至夸张，不时引来阵阵笑声。旱烟锅、象棋、高粱酒属于男人，对于故乡的妇女来说，秧歌是她们劳碌的生活中最大的娱乐，是她们一生中的最爱。因而，只要晚上扭秧歌，即使是劳累了一天，她们也会吃过晚饭连碗也不刷赶往村庙痛痛快快地扭上一晚。她们快乐了，同时也给乡亲们带来了快乐。

对于我来说，关于故乡的夏夜最难忘的是在院门外吃晚饭和乘凉。我家的位置得天独厚，在村子的最南边，走出院门便是绿油油的田地，美丽的自然风光尽收眼底。因而，院门前自然也就成了夏夜最凉快的地方。爸爸在门楼上安了灯泡，每天晚饭时我们便抬出饭桌、搬出凳子、端出锅碗在院门前吃晚饭。田野的凉风吹来，凉爽无比，真是一种天然的享受。而在这凉风里吃饭，饭菜也会变得更有滋味。这时，过道里的邻居便都因耐不住闷热而走出家门，走出家门后又因耐不住黑暗和寂寞而不由自主地向我家门前走来，手里还端着半碗没吃完的饭菜。每当此时，爸妈总会从家里找来凳子让邻居们坐。在我家门前，大家边吃边聊，谈笑风生，不一会儿便饭菜下肚。吃完饭，送回去碗又过来，把闷热丢在屋子里。大家说说笑笑，无所不谈，直到深夜。爱下棋的还常常在饭桌上摆开棋阵，对弈三更。时间长了，人也多了，我家的凳子不够用了，爸爸便打了几个水泥墩供邻居们使用。他的这一举动也使我产生了开茶馆的念头。在一个又一个的夏夜，许多的邻居在我家门前躲过了酷暑，收获了快乐，同时也融洽了关系。

如今，离开故乡已两年了。在这两年里，我常常在夜深人静的时候想起我的故乡，尤其是故乡的夏夜。梦里，我多少次漫步在月光下的故乡，多少次挤在乡亲们中间观看热闹的秧歌，多少次坐在凉风习习的院门前听邻居们谈笑风生……

　　难忘故乡的夏夜……

夕阳下的风景

在春夏之交的一个辉煌的傍晚，在中国北方的深厚而广袤的黄土地上，在村头的一个堆放了一个又一个麦秸垛的麦场上，一群光着脊梁穿着大裤衩的男孩子们在玩着短兵相接的打仗的游戏。他们一伙在麦秸垛上，一伙在麦秸垛下，手拿木棍长矛一边喊叫一边勇猛地拼杀着，脖子上暴起高高的青筋。那喊叫声高亢而淋漓，充满着无限的生命张力，嘹亮地响彻在整个村庄的上空。他们的身躯还显得有些细瘦，但坚强而倔强的骨架已经成形。他们的皮肤的颜色就是纯正的黄土地的颜色，经过了劳作的磨炼，已变得有些黝黑。而此时，辉煌的夕阳又给他们的皮肤镀上了一层血红，血一样的鲜艳的红色。他们勇猛地拼杀着、喊叫着，布满尘土的脸上流下一道道污黑的汗沟。他们两军似乎实力相当，久久分不出胜负，然而却锐气不减，愈战愈烈。麦场外面，远远近近的榆树、杨树正疯狂地生长着，散发出无限的野性的生命力。村庄里，炊烟袅袅，如云似雾般地萦绕在村庄的上空。而天边，晚霞之上的夕阳正无限辉煌，喷发出血一样的光芒与激情，将整个世界染得通红……

这就是夕阳下的风景——黄土地上的风景，中国的风景，生命的风景，永恒的风景……

夏日午后的乡村

　　夏日午后的乡村，是宁静的、安详的。

　　睡过了长长的午觉，勤劳的人们都扛着农具骑着自行车或步行向地里赶去，开始了又一个下午的忙碌而充实的劳作。这样，村子里便只剩下了年迈的老人和年幼的孩子。人们上地时村子里会有一阵轻轻的喧闹，而后就归于真正的宁静了。而除了宁静，还有就是安详。此时的阳光虽仍称得上是金晃晃的，但已不再是那么强烈了，变得和气、温顺了。阳光静静地泻在村庄里，照在房屋和各种的树上，在大街小巷斜切下了片片的阴凉，老人们便要在这街边的树荫下乘凉。老汉们常常在树荫下摆开棋阵不紧不慢地对弈，老太太们则坐在木桩上说闲话。孩子们的境况是不一样的，年龄特别小的孩子由爷爷奶奶们看着，他们便要在爷爷奶奶的怀抱里撒娇，年龄稍大一点的则会三五成群地到蝉歌嘹亮的村头树林里去捕蝉。宁静而安详的村庄里，老人和孩子们各有各的乐趣。

　　看看这夏日午后的乡村是多么地宁静、安详吧！

　　村庄里的房屋几乎是相连的，大街小巷里的榆树、槐树、枣树是稠密的，因而夏日午后的乡村没有多少被太阳晒着的地面。那不多的太阳晒着的地面因阳光的照射而黄莹莹的，比平时要可爱多了。大街的路面上有着一层细细的尘土，尘土上印着人们上地时的自行车轮印和脚印。虽然没有风，但偶尔也会有一片两片的榆叶或槐叶从树上打着旋儿落下来，到地面给了地面一个轻轻的吻。若是来了一阵轻风，那落叶就更多了，它们一起跳着柔美的群舞从树上落下来，使老人赞叹，使孩子拍掌。街边的土洼里时常卧着一只两只的老母鸡，歇够了便走出来支起全身的鸡毛猛烈地抖几抖，然后便安闲地觅起食来。偶尔也会有只无事可干的狗耷拉着脑袋从街上走过，不知它干什么去了。树荫下，老汉们下着他们的象棋，思索一会儿便"啪"的走一步。老太太们不紧不慢地说着话，从过去说到现在，无边无际。还走不稳路的孩子在爷爷奶奶的怀里撒着娇，常常要闹着获得自由。然而他们的不自由，不也是一种难得的幸福么？

夏日午后的乡村，是宁静的、安详的。这宁静和安详使乡村中的老人孩子们享受着，也使乡村享受着。在这宁静和安详中，乡村沉默着；在这宁静和安详中，生活进行着；在这宁静和安详中，生命的更替进行着。

夏日午后的乡村，是宁静的、安详的。

村庄里岁月的痕迹

在我故乡的古老的村庄里，到处都有着岁月的痕迹……

走在村庄里，常常可以看到古旧的老屋和围墙。土打的墙壁被岁月剥蚀得斑斑驳驳，无声地脱落了许多的松土，显露出腐朽的麦秸，使墙壁显得更加地脆弱。小虫子们在松软的墙上打着洞，享受着岁月的成果。老屋和围墙安详地矗立着，坦然地面对着应有的变化。只是似乎偶尔仍会想起昔日的热闹与温馨……

在村庄的一些院落里，时常还能看到一些老旧的用具，抑或是一辆残缺的独轮车，抑或是一支折了枝的木杈，抑或是一副散了架的马鞍，抑或是一尊磨薄了的石磨。他们曾经和老主人们形影不离，为主人家的生产生活立下了汗马功劳，也记住了主人们生活中的辛酸与欢笑。而随着时代脚步的前进，他们渐渐地退出了农村历史的舞台。他们静静地躺在院子的角落，同他们曾经的主人们一起慢慢变老。风来了，雨来了，他们被岁月的风雨摧蚀得渐渐松软，一如老主人们松软的骨头……

走在古老的村庄里，常常能碰到一些个沧桑的老树，或是榆树、枣树，或是柳树、槐树。他们记录着村庄一代代的历史，像是一部部凝固的历史。岁月流逝，他们的树皮变得愈发粗糙，一道道裂缝深凹下去，远远深过老人们脸上的皱纹。蚂蚁们爬上树干，开凿出巨大的树洞当作他们的乐园，使沧桑的老树显得更加岌岌可危。刮大风的时候，老树们咯吱咯吱作响，像要折断倒下来了，然而却又一次次出人意料地挺了过来……

拿一把铁锹在村庄里往下挖，时常就能挖出一些零碎的旧物来，或是一枚生了锈的铜钱，或是一块不再坚硬的青砖，或是一件快要化为泥土的铁器，或是一片虽破碎却依然明亮的瓷片。他们曾和主人们一起生活在地上，后来走出了人们的生活，来到了地下。他们抑或是几年前的，抑或是几十年前的，抑或是清朝的，抑或更早。他们静静地沉默在地下，却保存着曾经在地面上的鲜活的记忆。而随着时光的流逝，他们大部分都将渐渐地化为泥土了……

村庄里岁月的痕迹，也留在了老人的脸上、手上和身上，留在他们的心中。每一个老人都经历了村庄六七十年甚至更长的历史，他们脸上深深的皱纹诉说着岁月的沧桑。他们经历了战乱、天灾与人祸，也亲历了和平。在每一条的皱纹里，都深藏着数不清的过去的故事。这一条条深深的皱纹，就是一条条历史的长河……

村庄里岁月的痕迹，还在空里。村庄的所有的记忆，所有的往事，所有的故事，其实一直都飘荡在村庄的上空和周围，他们就如村庄的灵魂，永远不会离开村庄。他们看不到、摸不着，你只有用心才能聆听到。只有在夜深人静的时候，很静很静的时候，站在村庄的星空下，你才能够听到他们，听到他们低低地诉说，诉说村庄过去的历史……

村庄里岁月的痕迹，其实在村庄所有看得见和看不见的角落里……

魅力粮画

　　早就听说过馆陶粮画，可一直没能亲眼见证其魅力。前几日，终于和一帮文朋诗友去了一趟千年古县馆陶，且专门到粮画小镇寿东村的粮画坊亲眼欣赏了实物粮画，并观看了粮画的制作过程。赞叹之余，心中也生出颇多的感慨来。

　　何为粮画？粮画即粮食画，也叫五谷画或五谷粮食画，是以五谷杂粮和草籽等植物种子为主要原材料，利用其他辅料，在充分吸取国画、浮雕、装饰等传统工艺长处的基础上，通过粘、贴、拼、雕等手段制作而成的字画。粮画起源于盛唐，兴盛于清代，且在清代形成了诸多流派。馆陶粮画兴起于清朝末年，后断层，近年来在农民画家张海增的开发推动下，又重新焕发出她的独特艺术魅力和勃勃生机。经过众多粮画艺人的大胆革新，馆陶粮画除具有粮画共有的特点外，也形成了自己鲜明的特色，并且已经初具规模。

　　时日已是初冬，天气凉而不寒。参观完馆陶的众多文化场馆，领略罢千年古县的深厚文化底蕴后，沐着初冬暖暖的阳光，我们怀着久已有之的期待踏进了独具特色的粮画小镇寿东村。寿东村，望其村名便知是一块风水宝地，大有"福如东海，寿比南山"的味道。近年来，寿东村还原了土坯房时期的村容旧貌，古色古香，怀旧气息浓郁。再加上村中粮画产业的兴起和发展，村中文化艺术氛围极为浓厚，俨然馆陶版的 798 艺术区。漫步在寿东村中，古朴的老屋安然静默，等候着踏访的人们去探寻他那心灵的秘史。精致的咖啡屋在营造着浪漫情调的同时，也促成着东西方文化在这个古村落的完美融合。就连街边散落着的一尊尊磨盘，似乎也在默默讲述着这个村庄过去的生活场景，以及先人们围绕着粮食和生存而进行的不懈努力和抗争。

而最为吸引我们的，当然就是这远近闻名的粮画坊了。到了粮画坊门外，我三步并作两步走了进去，进门便被浓浓的艺术气息给包围了。简朴的白墙上，挂着几十幅精美绝伦的粮画，题材繁多，风格各异，令人目不暇接。我努力定下神来，开始一幅一幅欣赏这人与自然共同创造的艺术佳作。山水、人物、花鸟、民居等，个个栩栩如生，神韵十足，令人惊叹，叫人不由拍手叫绝。如果不是知道制作材料，如果站在远处欣赏粮画，很难想象这是用五谷杂粮制作而成。不同的粮食和草籽精细地排列在一起，让已经睡着了的种子重新融合成了新的艺术生命，表现出了独特的美感和丰富的思想。由于采用的是原生态的五谷杂粮和草籽，因而这粮画个个都晶莹剔透，既朴实又亮丽，展现着粮食的本色和无尽的艺术魅力。

　　暂且饱了眼福之后，为了弄清楚粮画的制作工序，我便走到里屋看起了粮画艺人的制作过程。只见几个心灵手巧的少女端坐于桌前，左手拿一幅图案底稿，右手拿小号排笔将胶水按区域划分涂于底稿上，然后用镊子将粮食和草籽一粒一粒按在胶水上，如此坚持半天甚至数日，方可成就一幅粮画。听一个制作粮画的少女说，馆陶粮画近年来的再次繁荣得益于农民画家张海增的一个偶然的想法。善于钻研的张海增有一天在晒麦子时突发奇想，如果能把粮食像古代一样制作成字画岂不更新鲜，价值岂不更高？于是，在他的执着摸索下，失传已久的粮画重新展现在了人们面前。张海增还成立了陶山粮艺公司，带领当地粮画艺人弘扬古老中华绝技，共同致富。少女还说，完成一幅粮画总共需要十几道工序，制作粮画用的粮食都经过了特殊的防虫防腐处理，胶水也是特制的，凭着原生态和纯绿色的特色，他们馆陶的粮画还销往了国外……

　　当我走出里屋再次凝望这一幅幅粮画时，我平静了许多。然而透过这一幅幅精美的粮画，我却不能自已地想起了我的父辈，想起了祖祖辈辈的先人们。在脚下这片广袤的土地上，一代代的先人们脸朝黄土背朝天，将汗水、泪水和血水洒入土地，同天灾人祸不懈抗争，围绕着粮食和生存，品尝了多少生活的酸甜苦辣，演绎出多少的人生悲喜剧。在这一幅幅粮画里，每一粒粮食都是一个拼命劳作的场景，每一粒粮食都是一出人生的悲喜剧，每一粒粮食都是一个苦命的先人。在经过了世世代代不息的抗争之后，只有在这安稳的现世，在这富足的和平年代，这些被先人们视为生命的粮食才能走进画框，为我们展现出艺术之美。哦，再掬一捧粮食吧，再作一幅粮画吧，来告慰我们苦命的先人们……

哦，粮画！哦，粮食！

农村孩子的胎教

许多城里的孩子都有过胎教。其实，农村的孩子也有胎教，而且最普遍。他们的胎教有两方面的内容：一是沉默，二是劳动。

这种胎教，深深地影响了农村孩子一生……

第二辑　乡人面孔

村庄里最后一个拾粪的人

在我故乡的乡村，不，更全面地说应该是在中国的广大农村，流传着拾粪这种久远的田外农活。所谓拾粪，也就是积肥，中国的农民大都懂得，而且中年以上的农民不少也都干过。对于物资匮乏的农民来说，街上、路上、草地上的驴粪蛋儿、骡粪蛋儿、牛粪坨、羊粪蛋儿都是格外珍贵的，甚至将之视为宝物，争着抢着拾。而随着时代的变迁，这些粪蛋子渐渐地被化肥所取代，于是拾粪的人也便渐渐地少了，到现在甚至都可以说是绝迹了。然而在我们村，却至今有一个拾粪的人。

拾粪通常在早上进行。在天刚蒙蒙亮的时候，早早地穿衣起床，然后拚上个拚篓拎起个短把儿的铁锹头便出发了。串大街小巷，串大路小路，到草地上，到驴骡牛羊可能到过的一切地方去寻觅粪蛋子。寻到了，便用铁锹头抢起来往左肩上的拚篓里一磕，那粪蛋子便准确无误地飞进了拚篓，看也不用看。拚篓满了，便回家倒在墙角的粪堆上，然后再去拾。一个早上，或许能拾上好几拚篓，直到太阳升得老高该吃早饭了，这才沐浴着阳光返回家去结束一个早上的拾粪劳动。这就是一个拾粪人的拾粪生活，我们村的那个唯一的拾粪人便是一直过着这样的拾粪生活，从小到老。他做了一辈子的农民，也拾了一辈子的粪。

他叫喜子，然而他的一生却无论如何也和这个"喜"字沾不上一点边。喜子出生在旧社会，饱尝了贫困、压迫和战乱，战争中死掉了所有的家人，新中国成立后虽然迎来了新的生活，然而他却依然贫困，是村里最贫困的一户。也由于这极度的贫困，他没能娶上媳妇，一生过着凄苦的光棍生活。这贫困、残酷的生活使他变得沉默寡言甚至带着些许的麻木，他从不主动和人说话，只有别人主动和他说话时他才搭上一两句。他那过分沧桑的脸上从来没有任何表情，从来都是那么凝固着，没有痛苦也没有微笑，就像是一片干旱得龟裂的大地。听人们说，他这一辈子只笑过一次，那是特殊时期时的事。特殊时期中，在生产队里，他的拾粪的特长得到了前所未有的发挥，一个人能抵五六个人，大队因此特别授予了他"拾粪突击手"的荣誉称号。当他站在领奖台上高高地举起那鲜红的奖状时，他第一次笑了，也是唯一的一次笑了。他也因此获得了一个专管拾粪的差事，相对于那些繁重的农活来说，他是格外幸运的。然而特殊时期结束后，他又回到了残酷的贫困之中，仍然是村里最穷的一户。因此，那粪蛋子，他一直拾到了现在，现在村里只有他一个人还在拾粪。春夏秋冬，每天早上，他的身影都活动在村子里或村子外。由于左肩挎了一辈子的挎篓，他的左肩比右肩要高得多。他那被挎篓压驼了的背，就像他那悲苦的人生……

喜子拾了一辈子的粪。如今，他已经老了，然而却仍在拾。他是和村庄的早晨最亲密的一个人，他迎来了村庄的每一个早晨，村庄的早晨属于他。他每一个早晨都行走在村庄里，他也属于村庄的早晨，他是村庄的早晨不可或缺的一部分……

喜子老了，这使我担心起他的死。他死了，村庄的早晨将少却一道动人的风景……

他死了，全村庄的人都会怀念他……

疯女人

我们郑村原来有一个疯女人，叫凤莲，照辈分我应该叫她婶子。她早就死了。

凤莲其实原本并不疯，而且还是那个年代很稀罕的大学生。她是广西人，是从山沟里走出来的大学生，很不容易。大学毕业前后，还没有分配工作的时候，凤莲在学校门口碰到一个中年男人。男人问她："想去北京闯吗？北京的天地可大了！"这一句话把凤莲的梦想点燃了，她使劲点着头答道："想！"于是，凤莲顶住压力，背着家人，跟着那个中年男人走了。后来，凤莲就来到了我们村，成了穷困潦倒的满仓的媳妇。那个中年男人是个人贩子。

从进满仓家门的第一天起，凤莲就没有停止过反抗和逃跑。她想回家，她想找回光明的前途和美丽的人生。凤莲被迫与满仓成了亲，可她的反抗和逃跑却从来不曾停止过。满仓妈和村里的女人们都来劝凤莲，说都已经成亲了，就安安生生过日子吧，女人不就这么回事嘛！可是这些苦心相劝都动摇不了凤莲反抗和逃跑的信念。满仓开始时也是劝，后来变成了骂，再后来就变成了打。最后，满仓把凤莲锁进了南屋，从此她几乎再也没有机会逃跑了。但是凤莲仍然坚持着自己的信念，仍然不跟满仓好好过日子。她在小屋里喊叫，晃门子，从后窗里乞求路人的帮助，偶尔也小声地唱唱老家的山歌。我和小伙伴上学路过凤莲后窗的时候，常常趴在窗户上看她，这时她总会冲我们笑笑，或许是觉得我们没有恶意吧。我想，或许只有在这时，只有在面对我们的时候她才会笑一下吧。日子一天天过去，凤莲变得越来越憔悴，甚至眼冒绿光，让人看了有些害怕。然而她依然没有屈服，依然想着逃跑。

半年多后，有一天，村子里传开了一个消息——凤莲怀孕了。对于肚子里的孩子，凤莲思虑了好几天，最终她决定不要。然而这也是由不得她的，满仓妈和满仓天天看着她，不让她打掉肚中的孩子。后来，孩子顺理成章地出生了，是个儿子。从那以后，凤莲变得平静了许多，不，准确地说应该是变得呆滞了许多。在意料中，或者不在意料中，凤莲不再逃跑了，而是带着孩子平静地过日子了。村里人都说，她带不走孩子，却也舍不得孩子，于是便老老实实地过日子了。家里人都将就她，不让她干活，让她带好孩子就行了。满仓家南屋靠街的墙根下放着一根大木头，凤莲常常一脸平静地坐在上面，一边抱着孩子一边小声地唱老家的山歌。我听不懂那些山歌，却觉得那些曲调很好听，上学的路上我常常驻足聆听。

后来，渐渐地，凤莲言行开始变得有些异常，她似乎除了抱着孩子唱山歌外对什么事情都不感兴趣。她疯了。后来，家人怕她把孩子带出事来，就把孩子从她手里夺走了。于是，从此以后便只有她一个人坐在那里唱山歌了。凤莲早晨唱，上午唱，下午唱，甚至晚上也唱。唱了一天又一天，一月又一月，一年又一年，终于在那个寒冷的冬天，由于整天在街上唱山歌，凤莲害了严重的伤寒死去了。

如今，凤莲的儿子已经长大成人了。每逢清明、十月初一和大年三十，满仓都会带着儿子来给凤莲上坟。荒凉的坟地上，满仓儿子的哭声甚是悲戚……

双喜

双喜的名字很喜庆，但他的一生却很悲凉。

双喜是个穷苦人。双喜姓白，白家在我们郑村是小户人家。双喜生于一九五七年，在家排行老大，下面还有两个弟弟两个妹妹。小时候，因为家里穷，双喜没上过一天学，斗大的字不识一个。很小的时候他就开始放牛，后来又跟着父亲学种地。一个放牛，一个种地，就成了双喜一辈子主要的生活内容。双喜一辈子勤勤恳恳，任劳任怨，从没叫过苦，也从没抱怨过命运的不公。他一辈子不停地劳作，但日子却好像从来没有宽裕过。平日里，他总是省吃俭用，舍不得多花一分钱。一身旧军装，他硬是穿了几十年。他不抽烟，不喝酒，不到逢年过节绝不会买肉吃。双喜老实巴交地劳作了一辈子，却没有过上富裕的生活。土地给了他温饱，却没能给他富裕。贫穷，似乎就是双喜的宿命。

双喜是个实诚人。双喜的实诚在村里是出了名的。他一辈子对人实实在在，诚诚恳恳，没有一点花花肠子，没有一个歪心眼。有人家需要帮忙的，他绝对没有二话。谁家有个红白喜事什么的，他更是连帮好几天的忙。在路上碰到不认识的人需要帮忙，他也定会上前相助。双喜从小就这么实诚，实诚了一辈子。他的实诚被村里的一些人说成是"傻"，甚至见了他都要喊"傻双喜"。但双喜不在意这些，他仍是照旧地实诚，照旧地"傻"。

双喜是个光棍。双喜家的贫穷和他的"傻"十里八乡的人都知道，因而没有一个姑娘愿意嫁给他。步入中年后，曾有媒婆给他介绍过一个智障女人，但最终也没能撮合成。双喜的母亲早逝，大半辈子他都是跟着父亲一起过。他们父子俩都少言寡语，除了很必要的话以外，不会多说一个字。双喜一辈子没碰过女人，村里有的人见了他就要开他的玩笑。每每此时，双喜都是呵呵笑两声，然后低着头默默走开。光棍的苦，或许只有双喜自己知道。

我跟双喜的生活是有交集的。小时候我放过山羊，那时候常常会和放牛的双喜结伴同行，因而和他很熟。双喜走路时总是低着头，与人说话时才会抬起头。他说话声音大如雷，离近了跟他说话耳朵会被震得生疼。双喜最爱听收音机，听收音机是他一辈子的习惯，也是他最主要的精神生活。双喜不会骑自行车，平时都是步行。他一辈子没出过远门，他的生活范围也就局限在郑村周边的几个村庄。除了放牛和种地，双喜还常常背个挎篓拾粪积肥。在一个个朝阳初升的清晨，双喜背着挎篓拎着铁锹弓身拾粪的身影总会出现在村里村外。当年我和双喜结伴放羊的时候，常常会耍小聪明，让他帮我看羊，自己则钻进庄稼地里偷吃的。不管我多长时间出来，双喜定是在认真地帮我照看着山羊，绝不会有丝毫的大意。在我心里，双喜永远是一个靠得住的人，一个有分量的人。

四年前，勤恳了一辈子的双喜不幸患了结肠癌，经历了一次大手术，也花费了不少的费用。这之后，双喜就再也干不了重活了。这于他，不知是喜是悲。双喜卖了牛，把地也租了出去。可谁承想，后来身体恢复稍好点，他竟又拾起破烂来，以此来增加一点点微薄的收入。双喜是个闲不住的人，他就是穷苦人的命。

去年初春，双喜死了。他终于熬到了头，结束了自己悲凉的一生。

上坟图

我的故乡冀南平原有着久远的上坟习俗。上坟，就是在特定的节令，为祖人和逝去的亲人烧去纸钱，祭祀祖先，缅怀故人。俗话说，十里不同风，百里不同俗。一年中，我的故乡有四个上坟的节令，分别是春节、清明节、中元节和寒衣节。在这四个节令上坟，也有上午和下午之分，春节在大年三十的下午上坟，清明节在清明前几天的上午上坟，中元节在七月十五的上午上坟，寒衣节在十月初一的下午上坟。其实在多年以前，春节时的上坟是在大年初一的拂晓时分进行的，等上完坟，告慰完逝者，天亮了才开始拜年。后来，为着方便，这次上坟的时间就慢慢提前到了大年三十的下午。上坟，也有男人和女人的区别，春节时上坟只准男人去，其他三个节令男人女人都可以去。另外，上坟还有辈分的区分，春节时上坟家族中的男人都去，其他三个节令则只有儿女去，孙子辈分的不去。此外，在四个节令上坟，带的祭品也是不一样的，中元节上坟时是不带纸衣、纸布的，其他三个节令则都需要带。除此之外，还有一点区别，那就是春节时上坟是要点鞭炮、点烟花的，其他三个节令都不点。对刚刚逝去的亲人，还要烧"七纸"，就是从去世当天开始算起，每过七日便要上一次坟，逢"单七"儿女都去，"双七"只有儿子儿媳去，一直上完十个"七"。

上坟是一个庄重的仪式，这里边也有不少的说法。上坟的时候，来上坟的人需站在逝者棺材尾部的位置，以示尊重。祭品要认真地摆放到坟头前，给男性逝者带来的白酒，要用三个酒盅倒上端放于祭品前。烧纸钱的时候，要先在地上画一个圆圈，然后将纸钱放到圆圈中点燃，后面还要用树枝翻几下，以使纸钱能够烧透。上完坟临走的时候，还要拿些祭品放入纸灰中，把酒也倒进纸灰中。上坟少不了哭坟。哭坟通常是在点燃纸钱后开始的。哭坟时，哭的通常都是相处过的亲人，久远的祖人未曾谋面，自然也不会流下悲痛的眼泪，为的是通过上坟，寻根问祖，缅怀先人，寄托哀思。上坟时哭坟的，女人居多，男人较少。随着逝者离世的时间渐长，上坟的人也便从最初的悲痛欲绝，慢慢变成掉下几行热泪，再慢慢变成深沉的悼念。岁月变迁，时光轮回，时间可以改变许多许多，但却永远冲淡不了对先人的缅怀，对亲人的怀念。

上坟，是故乡一种独特的乡俗，一幅凄惶的风俗画。在乍暖还寒的清明或是寂寥荒凉的清秋，三三两两或者独自前往的上坟人来到祖坟前，放上祭品，点上纸钱，留下一阵凄然的哭声，落下几行悲伤的泪水，仿佛与故去的亲人见上了一次面，说上了一会话。放眼苍茫的原野，一片片坟茔散落在原野间，一个个消瘦的身影或立或蹲于坟茔前，一缕缕细细的青烟伴着凄楚的哭声从坟茔间升腾起来，翻卷着片片的纸灰随风飘零，是一幅令人心酸慨叹的乡野风俗画。这一片片的坟茔就是一部部的家族史，一次次的上坟就是一个个生命的轮回和寓言。逝者已矣，生者如斯。等烧完纸钱上完坟，上坟的人仍要抹去眼角的泪水，回去继续过自己的生活。只是这伤感的愁绪，恐怕还要在心头延续一些个时日吧。

哭坟，是一种怀亲之情的表达，一种浓烈情感的宣泄。哭坟的时候，哭出声音，流出眼泪，时而与故人对话，时而自言自语，回忆了过去，表达了怀念。通过哭坟，上坟的人获得了慰藉和平静，进而能够释然，能够放下。从这一角度来说，能哭坟其实是一种幸福。我们郑村有一个老哑巴，却是连哭坟的福分也没有的。提起他，就不能不说他那悲苦的命运。

老哑巴叫郑福生，村里人都叫他老生。老生出生于二十世纪五十年代初，家里就他这么一个儿子。命运从来没有公平与不公平之说，他生下来就是一个聋哑人。因为聋哑，他没上过一天学，还常常被别的顽皮孩子取笑、欺负。顽皮孩子们都叫他哑巴，从不喊他名字。因为村里就他一个哑巴，因而哑巴这个名字也就慢慢叫开了。哑巴残疾，又受人欺负，因而很少与别的孩子来往，十二三岁便到生产队参加劳动挣工分了。在生产队里，因为他是哑巴，性格又孤僻，交流不便，于是队里便将饲养员的活给了他。他以为这辈子一家人就会这么平平静静地过下去，可命运却在这个时候又跟他开了一个玩笑。那是一九六三年的夏天，在那场百年不遇的特大洪灾中，老生家的土坯房没能经得住雨水浸泡，半夜里轰然倒塌，将老生爹娘砸死在了土坯房里。老生因为在生产队场院里看牲口，侥幸躲过一劫。但是从此，一家人里就只剩了老生一人活在这人世上。过了谈婚论嫁的年龄，老生自然而然地成了一个光棍。哑巴的苦、丧亲的苦、光棍的苦，都让老生一个人吃尽了。因为一个人的日子过得愁苦，正值青壮年的老生很早便有了未老先衰的迹象。由于整天低着头、弓着腰，老生的脊背很早就弯成了月牙形，这是独属于他的身形特征。随着时间的流逝，在一天天辛酸的日子里，平凡卑微的老生渐渐由一个青壮年变成了一个佝偻的老汉。

关于老生，给我印象最深的是他上坟时的情景。曾经有好几次，我见到了孤苦无依的老生独自上坟时的情景。老生用胳膊挎一只破旧的竹篮，揣着手，低着头，几乎是悄无声息地走到自家的祖坟上。等放上祭品，点上纸钱，他便要跪到地上开始哭坟了。作为哑巴的老生，哭起坟来是格外悲戚的。老生痛哭起来，哭不出伤心的话，只能一边流着浊泪一边"呜呜""啊啊"地干号。他那"呜呜""啊啊"的干号，没有一字一词，却让人听得格外心酸苦楚。对故去已久的亲人，通常很少有男人哭坟的，但老生却是每年都要哭，每次上坟都要哭，也不知道是在哭他早死的爹娘，还是在哭自己凄惨的命运。他那"呜呜""啊啊"的干号，在荒凉的原野上，在萧瑟的寒风中，传得格外远……

尖子生与疯女人

尖子生与疯女人其实是一个人。这是我们邻村的一个真实故事。

尖子生不仅长得漂亮，而且聪明伶俐，上学以来成绩一直在班上名列前茅。父母都很器重尖子生，对她寄予了厚望。父母常常教导她说，上大学是唯一的出路，一定要好好学习，考上好大学，这样才能分到好工作，才能有出息。尖子生时刻铭记着父母的话，学习很刻苦，始终在班上保持着前三名的位次。

进入高三后，尖子生学习更刻苦了，除了吃饭睡觉精力全都扑在学习上。高考一天天临近，尖子生也越来越刻苦。她不能辜负父母的期望，更不能葬送自己的光明前途和辉煌人生。在尖子生眼里，高考是决定她一生命运的大事，她必须认真对待。

然而上天总是爱跟认真的人开玩笑。在那次神圣的高考中，尖子生竟然发挥得异常差。结果，她没考上大学。

尖子生将自己反锁在房间里哭了三天三夜，而后便一语不发如无魂之人了。再后来，尖子生语言变得越来越错乱，行为变得越来越异常。她疯了。从那以后，尖子生便变成了疯女人。

后来，疯女人父母给她治疗了好些年，但终究没能治好。又过了些年，经媒人介绍，疯女人嫁给了邻村一个腿脚不利索的光棍汉。尽管家里很穷，但男人却对她很好，后来两人还有了两个健康聪明的孩子。这，多多少少令这个故事有了一点点温暖。

然而这个故事却又是多么地悲凉啊……

山

二十世纪八十年代末，冀南平原上一个普普通通的小村庄。在村西头一座紧邻着村小学的院落里，一张惊恐而又无助的面孔出现在南屋的门缝间。这个广西山沟里的农村姑娘，叫小琴。在这个天刚蒙蒙亮的早晨，她依旧扒着门子，用沙哑的喉咙呼喊着、反抗着、求救着，在绝望之中死死抓着那一线似乎并不存在的希望。

这，已经是小琴来到这里的第九天了。

望着门缝外惨淡的院子，小琴想起自己未落难之前，曾那么渴望走出生养自己的小山村。小琴曾一次次站在村口遥望那蜿蜒向远方的山路，遥望那层层叠叠的远山。那时，山外是一个五彩斑斓的梦。直到一个清新的早晨，小琴终于鼓足勇气，搭上了一辆路过的拖拉机。

此后，被拐骗，被转手，被恐吓，被强暴，直到被拐卖到这户人家，被锁进这间小黑屋，一切的经历都不堪回首。

煎熬的第九天是那么地漫长，在这漫长的一天里，希望一点点地在小琴心中幻灭。

漫漫长夜终于过去了，天亮了。早晨，院子里静悄悄的，没有了小琴的呼喊声。这户人家觉得不对劲，便打开房门，却看见小琴早已倒在了血泊中，没有了一丝气息。

从小琴手腕处流出来的血，在地上曲曲折折淌了一大摊。那形状，像她家乡的山。

四十年

这是我们郑村的一个真实的故事。

建林从小想当兵，胸怀报国志。可他是娘最疼爱的小儿子，娘哪里舍得让他去当兵？十六岁那年，终于到了参军年龄，建林第一个报了名。娘拗不过他，只是心疼儿子到了部队受苦。新兵欢送仪式上，当送兵的汽车开动，建林娘哭成了泪人儿。

第二年春，西南边境战事爆发，建林所在部队作为第一批参战部队开赴前线。建林在提前写好的遗书中再三叮嘱家人，如果自己牺牲了，决不能让娘知道。在战场上，建林冲锋陷阵，英勇杀敌，屡立战功。后来，在一次战斗中，建林不幸中弹。弥留之际，建林一声声地喊着娘，直到牺牲。

消息传到老家，家人都悲痛欲绝。为了不让建林娘受到太大打击，家人遵照建林遗愿，没有让建林娘知道小儿子牺牲的消息，乡亲们也都不在她面前提建林。对建林娘来说，平静的生活依旧如常。

几年过去了，建林的服役期都满了，可仍然没有回来。家人都哄建林娘，说建林在部队干得好，提干了，责任也更大了，来信说以后再回家探亲。家人用各种善意的谎言，哄了建林娘许多年。再后来，三十多年过去了，建林娘都老糊涂了，可她却始终念念不忘小儿子建林，时常念叨建林，一遍遍问建林啥时候能回来。

今春，建林牺牲四十年后，建林娘谢世了。下葬时，家人都哭得昏天黑地，乡亲们也都掉下了眼泪。乡亲们都感叹，娘儿俩可算是团聚了。

第三辑　往事如歌

一个人的童年

　　现在，我正坐在城市的一个还算安静的角落，要把我的安静而孤独的一个人的童年写出来……

　　是的，我的童年是安静的、孤独的，是只有我一个人度过的。在我的记忆中，几乎没有什么和伙伴们在一起的印象。这个世界很大，什么事都有，与世上的那些奇闻轶事比起来，我的童年算不上奇特，它只不过是属于一个乡村孩子的童年罢了。然而它又是不太多见的，你或许难以想象一个人度过童年的时光该是什么样的生活、什么样的感觉……

　　我一个人度过了我的童年时代。多年以后当我长大了，读到了萧红的《呼兰河传》，惊奇地发现萧红的童年与我的童年是那么地相似。然而，萧红比我幸运，因为她还有一个祖父，而我的祖父在我还没有出生时就已离开了这个世界。而我的祖母，因为地里的农活那么忙，而她那时也还并不算太老，所以总也没能闲下来。而我家附近的同龄伙伴，几乎是没有的，更没有女伙伴。至此，忙于劳作的父母还能有什么法子呢？还能把我交给谁呢？于是我的童年里便只剩下了我，只剩下了我这个大眼睛的瘦弱的小男孩……

　　我一个人度过了自己的童年时代，安静而孤独，这使我形成了喜欢安静和独处的个性，而且影响是那么深。当我长大后来到这喧闹的城市，感到自己是那么地不适应，内心怎么也融入不到这城市的生活中去。于是我便只有在这城市当中尽量地寻找一点安静来享受，尽量地寻找一些独处的机会。我想，我的这种个性或许一生也无法改变了。

　　当我长大后，当我离开故乡在人生的道路上越走越远，离我的童年时代越来越远，我便越来越怀念我的童年生活了。虽然我的童年生活是安静的、孤独的，是只有我一个人度过的，然而长大后回忆起来却是那样地难忘，那样地令我怀念。是的，我的童年是我心灵的故乡，是我永远的温馨的回忆与安慰……

我的童年，陪伴我的只有一个土井、一个荒园、两只小山羊……

在我两岁的时候，因为地里的农活忙，因为我没人看，而把我锁在家里又怕我东走西跑不安全，父亲便想出了一个常人难以想出的办法——在院子里挖个土井把我放进去。父亲拿来铁锹，在厨房门口靠边的地方为我挖了一个土井。土井的深度只比我矮一头，把我放进去后我便只能露个头在外面。从此父母每次上地前便都要把我放进土井里，回家之后才把我从土井里抱出来看看我。父母每次将我放进土井的时候，我总哭着闹着不肯进去，然而地里的农活那么忙，父母哄我几次后便连哄也不哄了。我只是哭泣着，看着他们的身影渐渐消失在我委屈的泪光中……

哭一阵子之后，便渐渐地停止了哭泣。这个广阔、丰富、多彩而新鲜的世界，渐渐地抚平了一个孩子的心灵的创伤。当我渐渐地停止了哭声，这个世界上便只剩了安静，这个世界也便来到了我的眼前。于是，我开始静静地看这个世界，睁着一双大眼睛在地平面的高度呆呆地看这个世界，仰望这个世界。下午的阳光斜斜地倾泻在院子里，透过这斜斜的阳光，我仰望那高远的洁净的蓝天，仰望那雪白的轻轻浮过的一朵朵白云，仰望远处晒着阳光的翠绿的树，仰望这个安静的院落。天是那么蓝，蓝得高远，蓝得一尘不染，蓝得深邃，蓝得明亮，蓝得安静。它使我喜欢，使我着迷，然而又使我感到神秘，我总也无法想透它。它也使我想象，使我想象它外面的神秘世界。一朵朵白云从蓝天上轻轻地浮过，没有一点的声音。它们有各种各样的形状，有的是一大朵，有的是长长的一条，就像一个个娴静的姑娘身着素衣从空中翩翩而过。远处的树一棵棵静默着，金黄的阳光中似是一个个饱经世事的老人，就那么缄默着，不说一句话。安静的院落有些许零乱，但却因此而充满了生活的气息，使人感到温馨而舒服……

我就这么仰望着，用我呆呆的大眼睛，用我的幼小的心灵。望了一会儿，又望一会儿，除了仰望我没有别的事情可做。在这仰望之中，我的幼小的心灵获得了安慰，获得了平静。我仰望着，以一颗幼小的心灵感受着这个广阔、丰富、多彩而新鲜的世界……

而就在这安静的仰望之中，我独自静静地度过了两年的童年时光……

到我四岁的时候，父母觉得我一个人在家里也不会出什么事情了，便终于把我从土井里解放了出来。那天，我看着父亲一锹一锹地把土井填满，久久地没有说话。我久久地没有说话，但我也不知道自己在想什么。或许什么也没有想，只是感到陪伴了自己两年的土井在眼前慢慢地消失了，心里有些许的留恋和失落吧。那时候我是那么地不愿进去，那么地讨厌它，它使我受了那么多的孤独和委屈，然而当真的要离开它了，却又感到一丝的留恋和不舍……

时间，或许能使我们对一切都产生感情吧。

离开了土井，父母上地时便开始把我锁在家里。孩子天生是向往自由的，我也是那么地渴望能到外面去，即使是没有伙伴，那自由而丰富多彩的世界也会使我获得快乐与满足的。那虽然仍旧是我一个人，我仍旧将与孤独为伴，但这两种孤独是不一样的。拥有了自由而丰富多彩的世界，从另一种意义上说也就不再是完全的孤独了。然而，父母却终究没能对我放下心来，怕我在外面出什么事，最终还是把我锁在了家里。我曾以哭闹反抗过一次又一次，然而每次都是以院门的无情地紧锁而告终。从此，我便开始与我家的院子为伴了。虽然仍是孤独，仍是不自由，但毕竟比待在土井里好了许多。

在院子里，我走到这里，待一会儿，走到那里，待一会儿。因为这院子我在土井里的时候就看够了，因而走来走去便觉得没意思，时日一长，更是觉得单调、无聊。而就在这时，我意外地在我家院子东面的荒园里寻找到了乐趣。这所谓荒园，其实是我家的一个还没用得上的荒院子，因为用不上，便一直闲着、荒着。而所谓荒，其实准确地说也未必，因为里面种着七棵桃树，七棵桃树每年都是有收成的。不过，它的确是杂草丛生，叫它荒园还是更合适一些的。在我家住的院子和荒园之间有一道不高的土墙，土墙北头有个小小的篱笆门。那天下午当我偶然走到那个篱笆门前向荒园里张望的时候，我呆住了。荒园里，是我一直没有注意、没有发现的一个全新的世界、一个绿色的世界、一个美丽的世界、一个丰富的世界、一个充满生命力的世界。桃树、荒草、蝴蝶、蜜蜂、飞虫……那么多欣欣向荣的生命、蓬勃向上的生命、可爱的生命。我睁大了眼睛看着，兴奋地看着，一种全新的感觉彻彻底底地冲刷了我幼小的心灵。我轻轻地移开篱笆门，睁大了眼睛张望着，迈着轻轻的步子走进了荒园。从此，我就走进了一个全新的世界，开始了一种全新的生活……

　　荒园的确是一个美丽而新鲜的世界。荒园给我的整体印象就是它的绿。桃树是碧绿的，荒草是碧绿的，都那么茂盛，蓝天下，阳光中，这满园的绿是那般地醒目、那般地可爱、那般地美。碧绿的桃树张着它那繁茂的枝叶，远远望去就像是一把撑开的巨大的绿伞。七棵桃树那么自然地长在荒园里，不显得拥挤也不显得稀疏。整个荒园里到处生长着茂盛的荒草，高高的、密密的，我大都叫不出它们的名字来。草丛里潜伏着许多的蚂蚱和我叫不出名的小飞虫，当我挪动着双腿在高高的草丛间艰难前进时，那灰褐色的蚂蚱便四处蹦跳起来，小飞虫便离开草茎在空中浮飞一阵，等我走远了它们便又慢慢地恢复了平静。草丛间开着一些无名的野花，红的、黄的、白的，轻风拂过便轻轻地摇动起来。几只漂亮的蝴蝶在野花上翩翩飞过，时而落在野花上，时而围着野花盘旋着翩飞一阵。荒园里，偶尔还会有几只蜜蜂嗡嗡地飞过，闻到花香便落在野花上采一阵子，但大都不会停留太久。这个丰富而新鲜的荒园，我怎么这么久才发现了它呢？

　　常常，我会趟过高高的荒草攀上桃树躺在桃树枝上静思默想。或者并没有想什么，而只是呆呆地看时间从碧绿的桃树叶上静静地流过。头顶的桃树荫使我凉爽，使我安静。我枕着胳膊躺在桃树枝上，仰面望着一束束金黄的阳光从桃树的枝叶间无声地穿过，我感到明亮而振奋。当我躺够了，我就会从桃树上跳下来去扑蝴蝶。我是喜欢蝴蝶的，而尤为喜欢黄色的蝴蝶。荒园的墙角横放着几根修理榆树砍下的大榆树枝，那榆树枝便成了我扑蝴蝶的工具。蝴蝶是不好扑到的，因为尽管它飞得慢，但却常常改变飞行方向，那转向的速度是极快的，何况榆树枝是那么大，我的胳膊却是那么细瘦。然而我扑起蝴蝶来是很执着的，扑不到蝴蝶是绝不会罢休的。荒园里，我高高地举着榆树枝来回地扑着、跑着、啊啊地叫着，那么地投入、那么地忘情。脸上流汗了，仍是扑；汗流浃背了，仍是扑。那高高的叫喊声在空旷而安静的荒园里显得是那么地嘹亮而苍凉。扑了一阵又一阵，到后来终于扑到了一只。然而等我小心地从榆树枝下捏起它仔细把玩的时候，一不留神它却从我的指缝间闪电般溜走又飞上了高高的天空。我仰望着那只逃走的蝴蝶拼了命地向荒园外飞去，几秒钟便消失在了高高的院墙外。我就那么呆呆地仰望着，久久未动，很久了才低下头来不再空望。直到此时我才感觉到了累，于是便在荒园的西墙根下踩倒一块荒草，赶走蚂蚱、小飞虫，枕着胳膊躺在上面。下午的金晃晃的阳光静静地泄在荒园里，在西墙根一带斜切下长长的一片阴凉。我透过这千丝万缕的阳光仰望着天空，默默地数着一朵又一朵轻轻浮过的白云，渐渐地闭上了眼睛……

　　有时候，我也会在荒园里看蚂蚁搬家，一看就是大半天。蚂蚁们默不作声地来回搬着，一趟又一趟，并没有注意到我的存在，而我也总是一看就能看上大半天。有时候，我还会到墙根下去摘旧木头上的木耳，等父母回来后用开水泡了炒着吃。还有的时候，我会去看墙角的青苔，或是捉几只蚂蚱来玩……

　　就这样，在那个安静的荒园里，我又独自度过了两年的童年时光……

　　我六岁时的那年春天，父母从集上买来两只小山羊牵到了我的面前，那一刻，我的眼睛一亮。从此以后，我告别了一个人的荒园生活，童年的生活里开始有了两只小山羊的陪伴……

　　如果都当成孩子的伙伴来比较，植物与动物是不能相比的，动物自然要更受孩子的喜爱，这一点于我也不例外。当那两只雪白的小山羊第一次出现在我的面前的时候，我是那么地欣喜、那么地激动。它们是那么地可爱、那么地温顺，我想谁见了它们都会喜欢的。父母把它们买回来一是为了增加家里的收入，二也是为了我能有个伴。养羊对我来说虽说也是一项任务，但更是一种乐趣，它们是我今生的第一个动物伙伴。

那时候是春天，草都已经长得很高了。我家在村庄的南头，家的南面是一个很大的大坑，因为沙土多人们便叫它为沙土坑。每天上午和下午，我便会牵着我的两只小羊到沙土坑里去吃草。它们都拴着绳子带着木橛，可我并不把它们死钉在某个地方，而是放开它们让它们自由地吃，爱吃哪里的草就吃哪里的草，爱怎么蹦就怎么蹦，爱怎么跑就怎么跑。雪白的小羊走在碧绿的草地上，显得格外干净而可爱。草地上开着朵朵的小野花，将草地装扮得格外美丽、生动。风吹过来，花草翻起柔柔的波浪，煞是动人。我坐在草地上看我的小羊吃草，就像是在欣赏一幅美丽的画，怎么也看不够。我的小羊低着头迈着安闲的步子慢慢走着、吃着，偶尔也会抬头看我一眼。它们吃草的时候是先伸嘴咬住嫩草，然后嘴一提草就断在了嘴里，这一口的草它们嚼不了几下便会咽下去，然后就又去吃第二口。有时候，它们也会野兽一般四处猛跑一阵撒撒野，而撒完野之后总会又跑回原地老老实实地吃草。有时候，它们还会互相抵着玩。两只小羊面对面摆开阵势，高高地抬起头然后猛地抵向对方，两个小小的头颅便撞在一起发出"喀"的一声闷响。抵了一回，再抵一回，直到玩够了才又去吃草。有时候，它们吃饱了就会卧在草地上歇一会儿。它们卧在草地上，四条腿斜放在一侧，安闲地反刍着刚吃下的草。我看着它们安闲地反刍，觉得那真是一种享受。

春天是万物生长的季节，草又好，因而春天羊长得最快。才一两个月吧，它们就已长高了五六厘米。看着它们在我的喂养下一天天长大，我心里有说不出的高兴。和小羊在一起日子久了，我们已建立起了深厚的友谊，相互之间具有了一种心灵感应般的默契。比如说它们撒野时跑得远了，甚至快跑到了坑边上的庄稼地头，我只冲它们"嘿"的一声它们就会立刻跑回到我的身边老老实实地吃草。到回家的时候，我从草地上站起来往回走，它们立刻就会明白，于是赶紧小跑几步跑到我的前面和我一块走回家去。我们成了最要好的朋友，我们在一起时都是那么地快乐，好像谁也离不开谁了。父亲在院子南墙根用旧砖头垒起了一个不大的羊圈，给我的小羊安了个家，每次从沙土坑里回来后我都会提着半桶水到圈门前给它们饮水，而每次饮完水之后我总是舍不得离开它们，而它们也总是久久地望着我一动不动。如果哪天我串亲戚了，一天不在家，回来之后它们必会跑到我的跟前用头轻轻地蹭我的腿，而我也总会想它们，见到它们总会蹲下来轻轻地抚它们背上的毛。这种感情是说不出来的、说不明白的。

后来，因为小公羊越来越调皮，越来越捣蛋，父母就说要把它卖了。我是坚决地反对，然而对于它的调皮捣蛋我是承认的。我放它们在沙土坑里吃草的时候，它常常会撒野跑得很远，有时都跑得看不见它了，任我怎么叫也不回来。偶尔，它还会偷吃沙土坑附近的庄稼。有时，它还会去找别的羊死抵，往往会抵得头上冒出星星点点的血。而在我和它们一块回家的时候它也不老实，到院子里总要疯跑一阵，怎么也赶不进圈里去，把父母和我都惹得非常生气。秋天的时候收了玉米，它竟公然偷吃起院子里的玉米来，撵它的时候它还衔着玉米跑。这下父母是真的急了，说有了买羊的一定要卖了它，任我怎么求情也不管用。终于在一天下午，父母趁我不在家的时候把小公羊给卖了。傍晚当我回到家提着水到圈门前饮羊的时候，发觉小公羊没有了。我赶紧问父母小公羊哪儿去了，他们说卖了。这一次，我却很平静，什么也没有说，然而眼泪却唰地流了下来……

没有了小公羊，我失落了好几天，然而小母羊还在，小母羊还是要喂的。秋天到了，得给小母羊储备过冬的树叶了。从此以后我更加忙了，每天把小母羊牵到沙土坑钉好后就拿着笤帚和布袋到树林里去给它扫树叶。在树林里，我先把树叶扫成一堆一堆，然后用布袋装，装满一布袋就背到家里倒在一间闲着的小屋里。一天里，我要背上十几趟甚至二十多趟。直到十几天后，当小屋里的树叶堆得像小山一样高了母亲才说，够了。我想，小母羊应该知道是我辛辛苦苦为它准备好了过冬的树叶吧，它应该因此而受到感动从而更加好好地吃、好好地长吧……

冬天里，小母羊更舒服了，只在羊圈里吃喝就行了，有我伺候它。而我也清闲了许多，不用再天天带着它去沙土坑里吃草了。然而有时候我也会带着它到树林里去吃树叶，让它活动活动，这样对它有好处。但由于是冬天，天冷，吃的又是干树叶，因而冬天里它虽然仍是长的，然而却要长得慢一些。这是自然而然的事，我也不去太在意它。

春节过后，天气渐渐地变暖，春天又来了。万物复苏，荒凉了一冬的大地渐渐地变绿了。春暖花开，我又开始带着我的小母羊去沙土坑里吃草了。小母羊也焕发了活力，长得更快了……

到了五月份的时候，我的小母羊已经长得很高了，看着甚至都像个大山羊了。然而就在这万物蓬勃生长的五月，我的小母羊却遭到了一场天大的劫难……

一个平常的下午，我仍在沙土坑里放着我的小母羊。后来我饿了，于是便走回家去拿馒头吃。小母羊没有钉，我没有在意，因为它平时是很老实的，很少往庄稼地里走。然而等我拿了馒头和咸菜边吃边往沙土坑里走的时候，一抬头却发现我的小母羊不在了。我立刻害怕了起来，因为我听母亲说附近的麦地里是有老鼠药的，拌在玉米粒里洒在麦地里药田鼠。我赶紧四处张望，远远地看见沙土坑南面的麦地边上躺着一只羊在挣扎。我拼了命地跑过去，痛心地看见那就是我的小母羊。它嘴里吐着泛绿的白沫，睁大着眼睛挣扎着，四条腿乱蹬着，痛苦的样子使我的心百般地难受。我哭着跑回家喊出了母亲，然而等我和母亲跑到小母羊旁边的时候，它已经没有多少力气了，浑身一阵阵地发抖，腿也不再那么乱蹬了，眼睛里没有了一丝的活气。它吐了好多好多的白沫，半个脸都沾满了土。母亲说，它中毒了，救不活了。我哭着央求母亲让她救救小母羊，可母亲却说，没有用了，它死了。我再扭头看我的小母羊，它真的一动不动了，痛苦的样子仍然保持着，一双没有了生气的眼睛圆圆地睁着……

我的小母羊死了，我的唯一的伙伴死了……

小母羊的死给我的心灵带来了巨大的创伤。它中毒死的那天下午我哭了一下午，晚上躺在被窝里用被子蒙着头仍是默默地流泪。父亲和母亲也都很伤心，都来哄我、安慰我，可我的眼泪却怎么也止不住。小母羊和我一起度过了一年的难忘时光，我已无法离开它，它是一个孩子的唯一的伙伴，是一个孩子的感情的依靠，是一个孩子的全部……

在那之后的日子里，我变得更加沉默寡言了，整天不说一句话，没有了一个笑脸。我有时在沙土坑的草地上呆坐着，有时在院子里呆坐着，就那么静静地呆坐着，忧伤地呆坐着，想着我的小母羊，回忆着我们在一起的日子。没有什么事情能使我感兴趣，没有谁能使我脱离这种状态。我好像已经依恋上了那样的呆坐、那样的忧伤、那样的回忆。小母羊活在我的心里，整天出现在我的眼前……

渐渐地，父母觉得我不对劲，开始担心起了我，然而却又实在没有办法让我好起来。后来，母亲终于想出了一个办法，那就是让我到村里的小学去上学。我已经七岁了，到了上学的年龄。本来父母是打算让我在九月份的时候去上学的，但看眼前的状况，就只有让我早些去学校了。那天下午母亲为我做了一个小书包，花花绿绿的很好看，然而却没有使我高兴起来。第二天早上，我就挎上了那个小书包，在母亲的陪伴下向村里的小学走去……

走在去往村小学的路上，我的心里充满了怀恋和忧伤。我想起我和我的小羊在一起度过的难忘时光，想起独自一个人在荒园中度过的安静时光，想起自己在土井中度过的那些呆呆地仰望着天空的时光。对于那些安静的一个人的孤独时光，刹那间我充满了无限的怀恋……小母羊的死去带给我的心灵的创伤还没有淡去，生活又要我去面对一种新的陌生的生活。

我不知道我前面的生活将是什么样子，我不知道自己能不能融进那么多孩子的学校，但我知道我已经长大了，我必须得走进那个学校，我必须得告别我以前的一个人的生活了。别了，我的小母羊，别了，我的荒园，别了，我的土井，我的五年的安静而孤独的时光，我的一个人的童年……

郑村小学

我所出生、长大的村庄叫郑村，郑村小学就是我们村的村小学。郑村小学是我的故乡华北平原中的一所普通的乡村小学，然而，她却又是华北平原中所有乡村小学的一个缩影。

而我所写的郑村小学，是二十世纪八十年代末、九十年代初的郑村小学。

郑村小学修建于一九七九年，比我大五岁，我当然没有见到她出生时的情景。小学在村西前街南侧，坐北向南共五间，每两间合为一大间教室，最西那间盖为门楼。教室南面是院子，也可以说是操场，最南面是厕所。这就是郑村小学的基本格局。从学校门口往里走，首先看到的是门楼上的学校名称"郑村小学"，据说这四个字是当年我父亲写的。那时乡亲们用水泥抹好了门楼，就让毛笔字写得非常好的父亲来写校名。父亲随手捡起一块土坷垃在上面轻轻地描了描，然后用一段铁棍刮，几分钟就刮好了。而几分钟就刮好的那几个展翅欲飞的字，在上面一待就是几十年。小学的铁门是天蓝色的，然而我刚上学时它就已破得不像样子了，漆片斑斑驳驳的，右下角破开了一大块，铁皮向里卷着。推门而入，门楼的地面是用残缺不全的砖头砌的，本来就高低不平的，又被数不清的脚步踩得圆圆的。用白灰抹过的墙已经很旧了，下面一段只剩下土墙甚至露出了红红的砖头，白灰层早已被调皮的小学生们磨光、抠光了。

进入院子，它的东北角和西南角各伫立着一棵老椿树，大约四五十岁的光景。学校没有自己的围墙，院子三面人家的房子和院墙就是学校的围墙。东墙上用白灰刷着一句标语：努力学文化，不当睁眼瞎。就那么简单的一行白字，而不是白底黑字的标语。院子东南角方方的一大块地方高出院子半米多，那是一座老房子的地基。据说那是以前老地主的房子，特殊时期时把它掀了，掀的时候还刨出了几颗手榴弹，被村民们小心翼翼地扔到村后的老井里去了。这块地基曾是我们最喜欢的乐园。院子南面的厕所由于盖得晚，比教室都要新得多。两间教室的门一个开在教室后一个开在教室前，在两间教室中间挨在一块。进入教室，一切都是那么土、那么旧、那么亲切。西墙上的水泥黑板白光光的，很久很久才刷一次墨。左下角掉下了一块水泥板，露出了红砖头的面容。黑板上方钉着一面纸做的五星红旗。那五星红旗并不标准，可能是老师自己做的。南北墙上各钉着两面塑料条幅，写着"好好学习，天天向上"和"向雷锋同志学习"等名言警句，字的上面还画着伟人的头像。讲桌是用砖头垒的，上面放着一大块长方形的厚厚的水泥板。讲台上放着粉笔和黑板擦。其实那黑板擦不是真正的黑板擦，而是一把长柄黑鞋刷，因为在农村是买不到真正的黑板擦的。教室西北角沿墙角盘了一个三角形的火炉。那时还未兴起蜂窝煤，烧的是碎煤，炉子是很大的。教室里一排排的课桌很破，但却很厚实，很耐用。凳子都是学生们从自家搬来的，样式各异，颜色不一。教室后面的东北角墙根靠着几把枝条稀疏的扫帚，东南角的门旮旯里立着几把毛已磨得很短的笤帚和一把破铁锹。

说完了郑村小学，不能不说一下与小学有关的其他事物。首先要说的是一个小卖铺。小卖铺与小学错对门，主人是个老头，村民们都叫他老猪。另一个与小学有关的是个外村的小伙子，每年夏天都会骑自行车驮着冰糕来小学门口卖冰糕。对于他的情况我了解的并不多，然而他却也是与郑村小学有着密切关系的一个人。

以上的这些零零碎碎的事物，好多都有着与之相关的难忘故事……

关于院子东南角的那块老地基，最主要的是一个游戏，这个游戏的名字叫"拉土"。这是好多人在一块玩的游戏。好多人各找一块破砖头或瓦片当"拉土车"，从土比较松软的地方挖土、取土。从取土地点到目的地"土站"的路线弯弯曲曲，像是盘山公路，很有意思。在离土站较近的路口设有关卡，专收拉土人的票，没有票就不能进土站。在游戏中这种票是钱的象征，是过路钱。那票其实就是一块纸片或一片树叶，能不能通过全看看关卡的人的心情。看关卡的人是这个游戏中最有权力的人，是"老大"，是由一个高年级的学生充当的。当有拉土车经过、拉土的人把票递给他时，他常常皱着眉头说道："还不够刺牙缝，过去吧！"这时拉土的人才放下了悬着的心庆幸地开过去了。偶尔也有通不过的，大概是因为老大嫌钱少吧，嘴里骂道："哄老子啊，滚回去！"于是那拉土的人就开着拉土车灰溜溜地返回去了，只能寄希望于下一趟了。能不能通过，全看老大的心情，拉土的人根本无法预测。至于拉土是为了什么，我们也不知道，也没想过，只是一个劲地往土站拉啊拉啊，土站里的土山堆得越高越大我们的干劲也就越大。拉土的游戏，我们一玩就是好几个月。

　　院子东墙上的那句标语"努力学文化，不当睁眼瞎"也是有个故事的。那年村里来人刷标语，我们这些孩子就好奇地围着观看。下了课围着看，上了课就偷偷地扭头透过窗户看。等那标语刷完了我们立刻就围着议论起来："那后面三个字是什么眼什么呀？"高年级的学生说："那三个字念'睁眼瞎'！"我们就又叽叽喳喳地问老师："老师老师，什么是'睁眼瞎'呀？盲人都是不睁眼的，睁着眼怎么还瞎呀？"老师说："'睁眼瞎'就是不识字的人，是文盲，比如卖给你们东西的老猪，他就不识字，你给他书他也不认识，所以就叫'睁眼瞎'。"我们知道了老猪不识字，就跑到老猪家冲着他的屋子大喊起来："老猪是个睁眼瞎！老猪是个睁眼瞎！"老猪气哄哄地跑出屋门要追我们，可我们一下就四散而逃了，他没有办法就又回屋里去了。我们一直喊了他好几次，他越来越生气，可仍是没有办法。后来上课了，我们就又进到课文里去了。可是一下课，我们就又结伙去喊老猪。我们喊他睁眼瞎，喊他是个睁眼瞎。他这次是走出了屋门，并没有追我们，而是在我们的喊叫声中伤心地哭了起来。我们都没见过这么老的人哭，一下都变得傻呆呆的了。后来老师知道了这事，气得不得了，把我们这伙人狠狠地批了一顿。她冲我们喝道："老猪是生在旧社会，没能学文化，你们倒好，笑话起人家来了！按岁数你们应该叫他爷爷，你们也这样喊你们爷爷吗？"我们一个个都低下了圆圆的小脑袋。后来，老师带着我们去向老猪爷爷倒了歉，老猪爷爷说："不用不用，你们要好好学文化，好好学习啊，不要再像我一样当个睁眼瞎啊！"说着说着就又掉下了滴滴的热泪……

关于小学的厕所也有个故事。那是一个春天，一个高年级的学生叫占红。那天老师宣布下课了，我们就赛跑似的冲向厕所小便，这是小学生们的一个习惯。跑到那里猛一刹车，解开裤子就尿。这时占红跑了过来，由于跑得过快地上又滑，他竟然一不小心掉到了水泥茅坑里。那茅坑有一米多深，粪汤快满了，和他的脖子一般高。他在茅坑里又是游又是爬，可却怎么也上不来。我们都傻了眼，有的还正在往茅坑里尿。占红急得火冒三丈，冲那还在往茅坑里尿的人愤怒地喊道："你还尿哇！"那正尿着的人就马上憋住不尿了。占红又是惊恐又是着急又是愤怒，后来终于扒住茅坑边爬了上来。这时，他几乎成了个便人了！浑身粪汤，身上爬满了欢快的蛆，头上竟然也顶上了一层蛆，热闹地爬着。这时，占红的母亲闻讯赶来了。一见到母亲，占红"哇"得哭了起来，跟着母亲哭着回家去了。我们都跟着他往外走，到校门口才停下来，目送着头上顶着一层蛆的占红跟着母亲走回家去了。

关于讲台也有一个故事，但这不是个有趣的故事，而是个严肃的故事。那时我在东面教室上课，教我们的是邻村的一个年轻的代课老师，叫周学林，人很是善良、老实。西面那间是高年级的教室，里面有个高年级的学生叫艳杰。那天下午的自习课上艳杰往我们教室里串了好几趟，周老师说了他几次，后来他就和周老师吵了起来，吵着吵着又打了起来。依周老师的脾气他一般是不会这样的，可能是因为艳杰太不好管了，他早就上火了吧。可能是艳杰先动的手，然后两人就扭打了起来。两个人在讲台上扭打着，后来周老师就控制住了他，他趴在讲台上气急败坏，竟然用腿把那厚厚的水泥板讲台顶翻在地上摔成了三瓣。后来又到院子里打，再后来就被赶来的大人们拦开了。这时艳杰的母亲来了，和周老师吵了起来，但吵了没几句就带着艳杰回家去了。周老师现在是个农民，已是中年人了。现在想想那件事，虽然他打学生不完全对，但艳杰那时也太不听话了，我挺同情周老师的，那时当个代课老师也是挺不容易的。周老师那时其实刚十七八岁，不算大的。

……　……

郑村小学里的事物大都是有故事的。时间之河永不停息地向前奔流着，许多许多的事物随着时间的流水渐渐消逝了，而那些与之相关的故事却永远留在我们这些学生的心中。

郑村小学的生活是普通的，然而也是充满乐趣的。一年两学期，除了寒暑假外麦子熟时和玉米熟时还要放麦假和秋假。冬天有火炉，夏天没电扇。我记得我上学前院子西南角的那棵老椿树上还挂着个掉了一大块的铁钟，但我上学后就没有了。上课了，老师对一个学生说："上课了！"这个学生就跑到院子里大声喊着"上课了！上课了！"这就是上课铃声。下课更简单，老师对学生们说："下课了！"大家就欢呼雀跃地往外跑。我们的课程除了语文、数学和思想品德外，几乎再没有其他的课了。四个年级，一二年级在东面教室，三四年级在西面教室。通常学校里只有两个老师，一个老师负责一间教室两个年级，而老师又大都是代课老师。每天大家都挎着打着补丁的布书包三五成群地来，放了学更是成群结队地回去。开学了大家就扛着凳子来，放假了就扛着凳子回去，只剩下沉默的课桌在教室里。没有办公室，老师、学生都在教室里，讲台就是老师的办公室。

在我们那时所有的游戏中，最令我难忘的是挤豆腐。这是冬天玩的游戏。冬天虽然生着火，但由于火炉由学生们轮流管，老是灭，何况煤子也常断。在那些冬天里，我们这些孩子们没少挨冻。而挤豆腐这个游戏，就像一个旺旺的火炉，给了我们无限的温暖。上了一节课挨了一节冻，一下课大家就聚到教室后墙根挤豆腐。左边一些人右边一些人，人数大致相等。等大家靠墙站定宣布开始后，那热闹非凡的挤豆腐游戏就开始了。两伙人一下一下地猛撞着，伴着那有力的节奏大家齐声喊着："挤、挤、挤豆腐，挤了豆腐吃豆腐！挤、挤、挤豆腐，挤了豆腐吃豆腐！"就这样挤着、喊着，不一会就浑身暖和起来了，有时还会出一头的汗。那真是个难忘的游戏！

小学生们都是喜欢吃零食的。对于那时缺少零花钱的我们来说，零食的诱惑力就更大了。老猪爷爷的卖铺就像一个天堂，零食应有尽有。谁要是拿着钱走进了老猪爷爷的卖铺，那是相当地令人羡慕的。那时母亲每天只给我一毛钱的零花钱，那一毛钱用来买什么我每次都是要想好久才能决定下来的。有时在学校想，在学校老是想不好了就到卖铺里面去挑，看自己吃过什么、没吃过什么、又进了什么新零食。当那诱人的零食拿到手里的时候，那幸福的感觉是根本无法用语言来表达的。一块糖或一块冰糕，要细细地品尝好久才会吃完的。吃完了，还要舔舔嘴唇，挤出点口水品品那香甜的余味。

夏天的时候，我们除了买零食还要买扇子。扇子大致分为三种，一种是普通的竹柄纸扇，一种是可展成三百六十度的铁柄小圆扇，还有一种是塑料柄布扇。第三种太贵，大约要一块钱，极少有人买。第二种扇子只有铁柄而没有扇骨，不耐用，只有一些女生买。第一种扇子最为普遍，既便宜又耐用，通常是三毛钱一把。扇子上画面各异，有山水有花鸟有淑女，还有用毛笔写的古诗词。记得那时我们买了扇子大都会在上面写上这么一首极为流行的"诗"：小扇有风，拿在手中。有人来借，等到寒冬！真是一句涮人的话！

那几年每个夏天都会有个穿短袖军装的外村小伙子来我们校门口卖冰糕。他卖冰糕、雪糕和果汁，进的常常比老猪爷爷卖铺里的要好吃得多，因而我们大都会从他这里买冰糕。下课的时候他常常忙得不亦乐乎，而上课的时候就清闲得多了。他的冰糕箱是用厚厚的木头做的，牢牢地绑在自行车后座上。他把车子靠在墙上，自己坐上自行车车梁，很是惬意。我那时非常羡慕他，不用上地里干活，轻轻松松、凉凉快快，热了、渴了就吃冰糕、喝果汁，真像一个神仙！后来我听一个大人试探着问他一天能赚十来块钱吧？他谦虚地说就这么回事吧！天哪，我更羡慕他了！

在教过我的老师中，我最难忘的是周学林老师和李瑞红老师。他们都是外村的，也都是代课老师，他们都是代了几年课就走了。他们两个没在一块教过，周老师在前，周老师走后来了李老师。

周老师是我今生的第一位老师。那时他还是个小伙子，却很是善良、老实，对我们很好。我永远也忘不了我第一天上学的那个下午。那天下午母亲搬着凳子把我领到了小学里，周老师热情地接下了我。母亲到老猪爷爷的卖铺里给我买了一支铅笔和一个小作业本，又和周老师说了几句话后就走了。而我，这就算是上学了。在这之后的数不清的日子里，周老师用他那别人少有的耐心教我写汉字、记数字，一步步地把我领进了知识的殿堂。他大约只教了我一年，但却令我终生难忘。他不当代课老师后就回家种地去了，走进了黄土地。从那时到现在的这些年里，每次碰到周老师我都感到无比地亲切、温暖。对他的感激，我是无法用语言对他说出来的。我们互相打招呼、寒暄，是那么地诚、那么地亲……

李老师也是我永远无法忘记的。她漂亮、温柔、脾气好，和我们之间没什么距离，是个真正的孩子王。我清楚地记得她第一次登上讲台时的情景。那天教高年级的郑老师领来一个年轻漂亮的大姐姐对我们说："这位新老师姓李，你们叫她李老师，以后就是她教你们了！"然后她走下讲台把稍显腼腆的李老师推上了讲台，自己就去上自己的课去了。就这样，李老师开始了她的教师生涯，我们有了一个喜欢我们、我们喜欢的好老师。

李老师惹我们喜欢还有一个特别重要的原因，那就是她教我们歌，给我们上音乐课，而这是郑村小学历史上所没有过的。她给我们上音乐课没有规定的时间，不过总的来说大约是两个星期一节。哪天上了音乐课，那一天就是我们的节日！记得那天下午郑老师对我们说："你们李老师歌唱得可好了，让她教你们唱歌吧！"我们立刻就围住了李老师让她教我们唱歌、给我们上音乐课。李老师也很高兴，笑了笑就答应了，我们别提有多高兴了！一个离家近的同学马上跑回家去给李老师端来了一大杯开水。李老师说教我们《读书郎》这首歌。她先在黑板上写歌词，我们在下面抄，一个个都显得急不可耐。终于，李老师开始唱了。她唱第一句歌是鼓了不小的勇气的，脸都有点红了，可是歌声却是那样地轻快、动听："小么小儿郎呀，背着书包上学堂。不怕太阳晒，也不怕风雨狂……"那是一节我们谁都不会忘记的音乐课。从那以后，李老师就常教我们歌，《娃哈哈》《踏浪》《茉莉花》等等。

那时乡村小学里是很少有音乐课的，美术课和体育课就更少了，李老师给了我们歌声和快乐，使我们感到无比地幸运。

李老师是在教我们的那年冬天结婚的，那时好多同学都送上了一份简单的礼物，我向母亲要了两元钱买了一条毛巾送给了她。她出嫁之后离我们村更近了，两个村的村头差不多都接到一块了，李老师来学校也就更方便了。可几年之后，李老师却也不再代课了。这之后我就再也没有见到过她，尽管我们两家离得并不远。我衷心地祝她平安，祝她幸福！

我是在上完二年级之后离开郑村小学而去邻村的一所大私立学校上学的，那时李老师还没有走。我离开时还挺愿意，可不久就彻底地后悔了。正因为那所私立学校大，而且我又刚到那里，我感到无比地孤独甚至凄凉。我深深地感到，我们那小小的郑村小学就像一个温暖的家，就像儿童作家曹文轩笔下的那座草房子，是那样地温馨、亲切和安静，令我无限地怀念。可是无论我怎样执拗都没能拗得过父母，没能回到我那魂牵梦萦的郑村小学。我在郑村小学共上了四年学，现在想来，时间真的是太短了……

我离开郑村小学后大约一年，李老师也离开了郑村小学不再代课了，永远地离开了三尺讲台，结束了她的教师生涯。而又过了三年，郑村小学的旧铁门就永远地锁上了。那些年民办学校异军突起，郑村小学终于没能抗击住湍急的浪潮而停办了。在这一点上，郑村小学并不能算是华北平原所有乡村小学的缩影。郑村小学停办了，然而，郑村小学永远是我心中的温暖的家，我心中的草房子，永远是我心灵深处最温馨的一段记忆……

愿我的这些零零散散的文字能成为那个年代的郑村小学的一张素描，成为故乡华北平原中所有乡村小学的一个缩影……

以此，纪念我们曾经的郑村小学、我的小学时代以及那时所有的同学、老师们……

老小俩

老小俩中，小的是我，那时只有三四岁；老的叫王会明，那时大约七十多岁，老伴已经不在了。他有儿孙，但我很少见到他们，因而没什么印象。说是老小俩，但其实我跟他之间并无血缘关系，两家也不同姓，仅仅是两家都住在村东头，离得相对近一些罢了。他跟我的曾祖父一个辈分，按辈分我应该叫他老爷。我跟他之间的缘分，很淡，很偶然，但也似乎有着一丝的必然。

小时候，父母忙于农活，幼小的我常常无人照看。而他作为一个七十多岁的老人，平时除了几只山羊外，也便再无其他伙伴。于是，两个孤单的生命便自然而然地走到了一起。彼此之间，是需要，也是被需要。而在这其中，他照看我的成分大概占的更多吧。从此，一老一小、一高一低的两个瘦弱的身影便常常结伴而行，行走在村里村外。

他中等个头，身形瘦弱，背微驼，头发花白，下巴总是留着一绺胡须。他眼睛不大，眼神总是很平静，很温和，很慈祥。他是个慢人，总是不慌不忙、慢慢悠悠，仿佛这世上没有令他心急的事。

他养着几只山羊，每天吃过早饭后便会出去放羊。赶着山羊经过我家门前时，便会喊上我一同前往。有时我家吃饭早了，父母便会让我去他家里找他，就像找自己的爷爷。我的爷爷在我还没有来到这个世界上时就已经离开人世了。到他家后，见他坐在板凳上吃饭，我便会站在他的身旁背着小手默默地看着他吃饭。时间一点一滴地静静流淌，但我们似乎都不太急着出去，他照样是慢慢地吃，我照样是耐心地看。他微微抬着下巴，每一口饭都要细细地嚼上一会儿才肯咽下去，似乎觉得自己年龄大了，想细细品味每一口饭的味道。我睁着黑黑的大眼睛看着他咀嚼，感到既安详又有趣。

吃完饭，他从树上解开羊绳，那几只山羊便连跑带窜地冲出家门了。他跑不动，于是我便会帮他追山羊、拽山羊。待我们拽着山羊，或者说山羊拽着我们来到村南的大坑里，悠闲的时光便开始属于我们了。他是老人，有着那么多的生活经验。他从草丛中捉到蝗虫或蚂蚱，然后用细长的草茎系住大腿给我玩。我虽也很想自己捉一只，但因为性子急，动静大，总也学不来他的捕捉技巧，因此试了很多次都捉不到。他试图教我，但我很难成功。等到我终于学会了、捉到了，他高兴得不得了，将我搂进怀里，用他的长胡子来回抚弄我的额头。

太阳晒得厉害时，他会扯一些长草茎编两顶草帽子来戴。两顶草帽子一大一小，粗粗的草环上伸出密密的草茎，遮阳效果很好。而对我来说，更重要的是草帽的有趣。戴上草帽，我便欢起来了，好似成了电影中机智斗敌的小英雄，抓根棍子当枪来回跑个不停。有时，我还会把他当成敌人，用棍子冲他"砰砰"开两枪，这时他总会配合着瘫坐到地上。

不放羊的时候，他常常会带我到村南的田地里玩。到了红薯地里，他会折几根红薯叶茎，掐去叶片，左一下右一下地将每根嫩茎折成一小截一小截的两条茎链，茎皮相连，形似项链。他有时会将两条绿色的茎链挂到我的两只耳朵上充当耳坠，有时会将几条茎链连接起来戴在我的脖子上当作项链。我常常开始时还觉得颇为有趣，但不一会儿便会感到乏味，于是便把这简朴的耳坠和项链摘下来丢到地上。

若是碰到头年干透了的高粱秆儿，他便会折下来剥去叶皮，用高粱秆儿为我插一副眼镜，抑或一顶帽子。他插的眼镜我最喜欢，总是戴不够，回家后还要小心地摘下来收好。

春天的时候，他会给我制作柳笛来吹。他带我来到村头的柳树下，伸手折下柳树低处的一根细柳条，拿小刀切割好，然后用手指将嫩绿的树皮耐心地拧松动，接着用力把光柳条猛地抽出，最后用小刀修整一下笛嘴，一管柳笛就做好了。他将柳笛放进自己嘴里试吹几下，然后递给我来吹。和煦的春风中，我吹着嫩绿的柳笛，温润的笛声随风飘扬。而单薄瘦弱的一老一小，也在这春风中绽开笑脸。

夏秋季的时候，他会常常到坑边地头给我找野果子吃。最常见的野果是龙葵，我们那里叫黑姑娘。他找到黑姑娘后，会和我一同将黑紫色的浆果采集起来，然后供我一个人享用。有时候，他也会放嘴里尝几颗。黑姑娘的味道是酸酸甜甜的，很鲜美。还有一种开紫花的野草，花朵就像一支支小喇叭，我们当地称之为老婆酒。他寻到老婆酒后，我会争抢着将紫色的花朵摘下，然后含在嘴里吸吮里面的糖分。老婆酒甜丝丝的，于我而言，就是一枚天然的糖果。

他也会常常带我到他家里去。在他家里，我来回跟着他，就像是他缩小了的影子。在整整一个下午的时间里，我会不慌不忙地看着他静坐，看着他打盹儿，看着他踱步，看着他抽旱烟，看着他吃药。他每每吃完一小盒药，就会把那圆圆的小铝盒送给我玩，里面还有一把白色的小塑料勺。而这个小铝盒和这把小塑料勺，通常能让我玩上半天。金色的阳光慵懒地投射在院子里，将时光照慢。而无所事事的一老一小，就在这闲散的下午，将安静的时光和彼此的身影悄没声儿地收进各自的生命中……

我们在一起时，话语并不多。跟他一起玩耍时，并没有太多的语言交流，似乎已是很默契了。跟着他走路时，也是不说什么话，只有偶尔的提醒我小心什么的。然而虽然话不多，但我们却是快乐的，那些时光是快乐的，因为至少我们都有个伴。

时光不紧不慢地悄然流逝，他越来越老，我也一天天长大。两年后的一个夏日的午后，我像往常一样去找他，还没走出院门就被母亲喊住了。母亲说，你都这么大了，该上学了，以后不用再跟着他了。我想起了他，正想着要不要去跟他说一声，母亲便拉起我的小手朝村西头的小学走去。路过他家门口时，我朝院子里望了望，但没有看到他。

小孩子都喜欢新鲜，到了小学，我很快就喜欢上了众多小伙伴在一起的热闹，而把他渐渐淡忘在了脑后。从那以后，我没有再跟过他。

后来，他的身体渐渐不行了。再后来，他谢世了。他的谢世，并没有给小小的我带来多少悲伤。对于那时的我而言，他的谢世只不过是村里又走了一个老人，唯一不同的是这个老人曾经跟我很熟悉。我记得他下葬那天，我还从分发的祭品中抢到了一个糖人，为此我高兴了好一阵子。他谢世以后，就彻底从我的生活中消失了，好像从未给我的生命留下什么痕迹。

我和他，没有合影。再后来，我甚至忘记了他的模样。

在这人世间，在这长长的人生中，总有一些东西能够经得住时光的涤荡，甚而会愈加深刻，愈加难忘，愈加珍贵，甚或会成为我们的精神寄托。随着年龄的增长，那个陪伴我度过了两年童年时光的他，渐渐地出现在我的回忆中。在我长大后，在我踏上社会以后，在我经历了那么多的人情冷暖和世态炎凉之后，他更是越来越多地出现在我的回忆中。每每孤单时，每每被伤害时，每每感情脆弱时，我总会想起那个和蔼可亲的老人，想起与我无半点关系却待我如亲的他。他所带给我的记忆是闲散的、安静的、有趣的、快乐的、温馨的。这些记忆总能在我脆弱时慰藉我备受创伤的心灵，使我感受到人世间的温暖，使我更加眷恋这充满温情的人世。

就是那么偶然，就是那么必然，几乎没有任何关系的两个人，两个同样孤单的生命，年龄相差七十岁的一老一小，就那么走到了一起，共同度过了两年的静好时光，亲如祖孙。他使我相信，陌生人之间，也能有真情，也应该有真情。

在我们的生命中，总有那么几个人，不是每天想起，却从来不曾忘记。

多少次，在梦中，老小俩，放羊去……

月光下的捉迷藏

夜渐渐地静了下来。不知怎的，便想起儿时的捉迷藏来。

我是在故乡冀南平原的乡村中度过自己的童年时代的。那是二十世纪的八九十年代，农村中的电视机还是极少的，而我的故乡则还常常长时期地停电。夜里，尤其是冬天的夜里，大人们都串着门聚在烛光下说话，我们这些孩子干什么呢？最常玩的便是捉迷藏。这捉迷藏的游戏不仅有趣，而且参加的人数多，热闹，因而最受我们的欢迎。

捉迷藏通常是这样的规则：选中一棵树或一段墙作为目标，我们称之为"家"。先用锤子剪刀布决出一个失败的看家的人，然后让他闭上眼睛在家中高声地数几十个数，其他的人则在这声音的掩护下迅速躲藏起来。等数数完了，看家的人便要开始捉人了。这所谓的捉，其实就是用手碰一下身体的任何一个部位，只要是被碰着了便算是被捉到了。他捉到了一个人，一场游戏便马上宣告结束而开始下一场，这被捉的人便是下一场游戏中的看家的人。看家的人不仅要捉人，还要看家，如果谁在游戏中在没有被看家人用手碰着的情况下摸到了那棵树或那段墙，他在这场游戏中就完全地胜利了，看家人就没有捉他的意义和必要了。这看家的人一要捉人，不捉人自己便永不得解放，然而又不能光顾着捉人，还得看家，人人都摸到了树或墙，你便也就得不到解放了。因而，这看家人是很苦的，常常要连捉好多场才能摆脱自己看家的命运。

玩捉迷藏在有月光的时候最好，不仅跑起来安全，而且月光那么美，能增加不少的趣味。

在我的记忆中，月光下的捉迷藏是最美的、最难忘的。那时的世界，是安静的。一弯明月悬在深蓝的夜空，将清清的月光静静泻在安详的村庄里。整个村庄朦朦胧胧地白，像是披上了一层薄薄的素纱。房屋在月光中静默着，似是一个个饱经沧桑的老人，就那么缄默着不说一句话。一棵棵安静的树将自己的枝影轻轻印在地上，榆树的繁密、杨树的柔顺、枣树的曲折，各自显示着自己的风格。大街小巷因为走路的原因，在村庄里显得最为明亮，使人感到些许振奋。村庄远处的田野在月光下缥缥缈缈的，显得更是清淡、幽远……

就在这美丽的月光下，我们兴奋地玩着捉迷藏的游戏。在这游戏的过程中，有寻找时的渺茫，有胜利时的狂喜，有被追赶时的惊险，有躲藏时的安静和一点的寂寞……而或许就是在这样的安静和一点的寂寞中，故乡的月夜才更深地进入了我们的心灵中吧……

几十年过去了，如今，当我在这城市当中，当我坐在这小小的台灯下静静地回忆那些月光下玩捉迷藏的夜晚，便觉得有百般的人生滋味在心中。过去的童年，现在的中年；过去的乡村，现在的城市；过去的故乡，现在的异地；过去的安静，现在的喧哗……

不知那时的伙伴们现在都已如何了，不知他们是否还记得那些月光下玩捉迷藏的夜晚……

不知现在故乡的孩子们是否还在玩着我们那时玩的捉迷藏的游戏。如今的乡村已经发展得很好了，不仅有了电，有了电视机，还有了电脑、互联网等许许多多的现代的东西，他们的捉迷藏应该比我们那时玩得少得多了吧，况且有些孩子跟着打工的父母到了城市里去生活，或许有的还不会玩捉迷藏呢。然而，我总觉得他们至少是还会玩的，那毕竟是个很受孩子欢迎的游戏呢。

那些月光下玩捉迷藏的夜晚不仅留在我们的记忆中，还留在故乡大地的记忆中。深情的故乡大地是我们的沉默的母亲。她是会记忆的，只是她不说，而且这记忆将是永恒的，她将永远为我们保存那些温馨的记忆……

拥有美好的记忆是永远不会丢掉的幸福。那些月光下玩捉迷藏的记忆，我想城市里长大的孩子大约是不曾有的吧。小时候我常常羡慕城市里的孩子，心想自己为什么没能降生在城市呢？而今，我倒是非常的庆幸于自己的今世的降生了……

生命最初的画面

对一个人的生命最正确的计算，应该从他有记忆的那一刻算起。

如此算来，我的生命是从一个秋日的下午开始的。那天下午，我从临窗的床上醒来，觉得眼睛格外的明亮，头脑格外的清醒。我坐起来，望着窗外浓浓的秋景，迅即被深深地吸引了。日头已然偏西，天高气爽，云淡风轻。院子里高高的杨树叶子已经泛黄，时而有黄叶翻飞着划着不同的轨迹飘落下来。榆树的粗干上缠绕着密密麻麻的玉米棒子，彰显着丰收的喜悦。屋檐下，几串用针线串起来的红辣椒红得耀眼，红得喜庆，红得暖心。两只小羊在土墙根下寻着叶子吃，偶尔撒腿到院子里打闹着疯跑几圈。几只母鸡趴在榆树下松软的土堆上，似乎已经吃得很满足，没有一点觅食的欲望。

远处，父亲在墙角用木杈垛着草，给小羊备着过冬的食粮，草垛的高度已经超过了父亲。母亲坐在屋檐下的门墩上，沐浴着断断续续的秋风专注地纳着千层底，时而举起针在头发上顺几下。秋风徐来，她乌黑的头发也随风舞动。

这就是我生命最初的画面。这个画面，关乎故乡，关乎童年，关乎家，关乎母亲，早已成为我生命的底色。在后来的人生历程中，这个画面，无论何时何地，都从未消退过……

一个村庄的轮廓

从心理学上来讲，童年对一个人的影响是根本性的。从文艺心理学上来讲，童年经验对一个艺术家创作的影响也是极为深刻的。而这种童年的影响，往往也交织着故乡地域的影响。这在我身上表现得极为显著。

让我先来描述一下生我养我的村庄的轮廓吧。我所出生的村庄叫郑村，坐落在冀南平原深处，是一个普普通通的小村庄。村庄的南面，是一个巨大的土坑，坑中有不少沙土，因此村里人都叫这个坑为"沙土坑"。沙土坑再往南，就是辽阔的田野了，田野里挺立着一棵棵、一排排的榆树、杨树。村庄的北面，是一条淙淙流淌的小河，它用河水浇灌着庄稼，滋润着村庄。小河再往北，是一个偌大的杏园，南北方向伫立着几排巨大的杏树，常常引得孩子们偷摘杏子。沙土坑与小河之间，就是村庄的主体了。村庄南北稍短，东西偏长。在东西方向，横亘着两条不算很直的大街，南面的街叫前街，北面的街叫后街。在两条大街上，南北方向纵贯着十几条大大小小的巷子。在前街，由东至西坐落着关帝庙、杨仙庙等几座庙宇，时常香火缭绕。关帝庙前有一个广场，时常有村里人聚拢在一起扭秧歌、烤火、谈天。在杨仙庙的北面，也有一个大土坑，时常积存着水。村里有一所小学，叫郑村小学，位于前街西段路南，曾是不少人的童年乐园，但后来就被撤并了。

村庄的轮廓，大致就是这样。再细说，就是各家各户的情况了。

说完村庄的轮廓，再说说我家的院落吧。我家位于村子的东南角，坐落在村南沙土坑的东北角上，视野辽阔，风景优美。房子是五间红砖青瓦的瓦房，门楼位于院子西南角。院子东面紧邻的是我家一座闲置的荒园，与院子之间有一道矮砖墙相隔，砖墙北段有一个栅栏门相通。荒园和院子里种着一些桃树。荒园里还生长着一些不知名的小树和野草，是我一个人的时候最喜欢去的地方。

我写这么多，其实对别人来说，对我们村以外的人来说，没有什么价值，也没有什么意思。但这个村庄以前的格局、轮廓和面貌，对我来说却格外重要，它已经刻进了我的灵魂。当我在这个村庄里长大后离开故乡，它就更是日日夜夜盘踞在我的心中，牢不可破。后来当我回到故乡，虽然这个小村改变了许多，后来又在不断地改变着，但每当我想起它时，在我脑海里呈现的依然是小时候的轮廓。而且其实也并不只是轮廓，还有许许多多的细节呈现出来，共同构成了童年时的那个村庄的样子。时至今日，我已年近不惑，情况依然如此。每当我在阅读文学作品或创作时，我总是喜欢将作品中的情境设定在记忆中的那个村庄里，这样读着、写着才习惯、舒适、真实、亲切。哪怕是一首小诗，只是一个情境，我也习惯在记忆中的那个村庄里找寻一个适当的地方。

不仅如此，抛开读书写作，故乡其实更是我精神的家园、灵魂的归宿、心灵的港湾。每当我痛苦、失落、迷茫时，我总是想回到老家，以此获得慰藉、抚平创伤、唤起力量。我的故乡，那个小小的村庄、那个小小的院落，是我的根，是我童年的所在，它永远在那里，永远对我敞开怀抱，永远不会伤害我、欺骗我、嫌弃我。它是我心灵深处的一片净土，是我灵魂的故乡。也许，我终究是一个落后于时代的人，是一个不喜欢、不习惯追赶的人，注定要被红尘俗世远远抛在后面。但是我心甘情愿，自得其乐，甘之若饴。因为故乡和童年给了我一些东西，给了我生命的底色、朴实的性格、善良的品质和灵魂自有的节奏，我不想丢掉，也无法丢掉。

我始终相信，一个村庄的轮廓里，足以安放一个不甘平庸的灵魂。

一串冰糖葫芦

在我们中国，有谁不知道冰糖葫芦呢？将一个个火红的山楂果用一根竹签穿成一串往烧得咕咕冒泡的糖稀里淋漓尽致地一蘸，然后啪的一声甩在一个涂了食用油的铁铛上，片刻工夫一串晶莹透亮、鲜红诱人的冰糖葫芦就诞生了。一串串冰糖葫芦密密地插在一根用布料裹了麦草的大木棍上，一个嗓子嘹亮的叫卖老人扛着它或把它绑在自行车前把上骑车驮着它在庙会上、在大街小巷里招摇过市、大声叫卖，"糖葫芦嘞——冰糖葫芦——"，悠扬的叫卖声立刻就能引来一大群的孩子围着他看、围着他买。三毛一串，抑或是五毛一串。这冰糖葫芦，庙会上少不了它，大街小巷里少不了它，孩子们和曾经的孩子们少不了它，老百姓们酸甜苦辣的生活里少不了它……

冰糖葫芦，这中国特有的风味小吃，它有着久远的历史渊源和诸多的药用功效，说它是中国的国粹应该是不为过的。冰糖葫芦产生于宋代。绍熙年间，宋光宗最宠爱的黄贵妃病了，面黄肌瘦，不思饮食，御医用了许多贵重药品都不见效，无奈之下光宗只好张榜求医。一个江湖郎中揭榜而进，在为黄贵妃诊脉后说，只要用冰糖与山楂煎熬，每顿饭前吃五到十枚，不出半月病就能好。黄贵妃按这个方法服用后，果然如期病愈了。后来这种做法传到民间，老百姓又把它用竹签穿起来吃，于是就成了今天的冰糖葫芦。山楂的药用功效很多，它能够消食积、散淤血、驱绦虫、止痢疾，明代医学家李时珍就曾有过关于山楂消食积功效的研究。现代研究表明，山楂还有降血脂、降低血清胆固醇等功效。想必那得病的黄贵妃，应该是让山珍海味给积住食了吧！

而我今天所要讲的这个关于冰糖葫芦的故事，发生在二十世纪的八十年代末，发生在我的故乡，我的生我养我的村庄。

那一年，我四岁。

我们农村孩子的童年，大都是比较单调的。我们没有小汽车、变形金刚、连环画，也没有天天给我们讲故事的外婆、奶奶，因为她们也都还不是太老，也是会上地劳作的。而我的童年，又在这单调之中平添了几分的寂寞。由于我小时候没人看，而附近又几乎没有同龄人，因而为了安全爸妈每次上地时便都把我一个人锁在家里。两三岁的时候，怕我一个人在家里出个什么事，还专门为我挖了一个只比我身高矮一点点的土井把我放进去，我倒不下又爬不出，虽然没少哭，但还真是安全。直到一两年后，我才摆脱了那个土井获得了正常人的在地面上活动的自由。然而，这自由也是极有限度的，我只能在自家院子里玩而出不了院门。那时，我是多么地渴望能跟爸妈一块去地里啊，哪怕是在地头远远地看着他们，一个人待在空荡荡的家中是不应该让一个小孩子去承受的。因而，每次爸妈上地时我都要哭闹一阵子。然而，假如我真的跟着爸妈上地的话势必会影响他们劳作，至少会使他们操心，因而哭闹的结果每次都是那两扇高大的铁院门咣的一声被无情地关上，哭闹往往也就不久而止。然后的整个上午或整个下午，我就一个人寂寞地在院子里度过，与桃树为伴，与花草为伴，与蝴蝶为伴。

仍然是一个下午。那天下午爸妈上地时我哭闹得很是厉害，然而结果却是依然。爸妈走了很久了，我仍然在哭。而当我再次用手去拉那紧锁的院门时，与平时不一样的情况发生了。爸妈平时总是把院门紧紧地锁住的，而这次却被我一下拉开了好大的一个缝，原来是锁门时少穿了一个门鼻儿孔。我立刻从门缝里钻了出去，然而过道里却空荡荡的，早已没有了爸妈的身影。我沿着过道走到大街上，大街上也不见几个人，向村头望去，依然没有爸妈的身影。无限的委屈霎时间涌上了我的心头，我顿时无法控制地失声大哭起来。我真的感到很委屈，我想跟着爸妈，我不想一个人待在家里……

哭了很久很久，我仍然在哭，我的委屈怎么也哭不完。也不知过了多久，我的背后忽然响起了一个老人的声音："孩子，怎么了，哭得这么伤心？"我扭过头去看，见是个慈祥和蔼的老爷爷，头发胡子都白了许多，正扶着一辆自行车站在那里。我没有说话，一边抽泣一边呆呆地望着他。那老爷爷又问我受了什么委屈哭得这么伤心，听了他的第二次询问后我满腹的委屈又来了，顿时伤心地大声抽泣起来。老爷爷立刻不再问了，支起自行车走到我面前蹲下来一个劲儿地劝我不要哭了。这时，老爷爷走到自行车前从车把上的一根大木棍上摘下一串红红的东西笑着对我说："孩子，冰糖葫芦，给，又酸又甜，吃了你会越长越聪明呢！"这时我才注意到老爷爷车把上的那些鲜红可爱的冰糖葫芦。在那一刻，我真的不哭了，然而也没有去接冰糖葫芦。老爷爷蹲到我面前把冰糖葫芦在我眼前晃了几下说："吃吧孩子，吃了什么委屈就都没有了，吃了，你就会变得越来越聪明了……"我呆呆地接过了老爷爷的冰糖葫芦，擦干了眼泪，不再哭了。老爷爷慈祥地笑了，和蔼地说："吃吧！"我望着老爷爷那和蔼可亲的面孔，慢慢地将冰糖葫芦放进嘴里慢慢地吃了起来。老爷爷微笑着望了我片刻，然后站起身对我说："孩子，我要走了。"然而，我仍是呆呆的什么都没说。老爷爷推上自行车，最后冲我慈祥地一笑，然后就骑上自行车走了。望着他渐渐远去的背影，我停下不再吃冰糖葫芦了。我望着他的背影呆呆地想：他是谁呢？他为什么要送我一串冰糖葫芦呢？他是我的一个什么亲人吗？……

　　他不是我的什么亲人，他和我没有任何一点的关系。从那以后，我也一直没有再见到他。我见他，一生中只有那么一面。然而那串冰糖葫芦，我却是无论如何也无法忘记了……

　　许多年后，一次我途经一个很远的村庄，见大街上搭着一个花花的灵棚，又一个老人谢世了。我的心里并没有起什么波澜，因为我也经历过许多老人的死，生命的更替应该说是正常的。当我推着自行车走近了一些时，看见灵棚里放遗像的桌子上绑着一根卖冰糖葫芦用的大木棍，上面插满了鲜艳夺目的冰糖葫芦。我停下来向旁人打听原委，那个老乡说，死的老人是个卖冰糖葫芦的，卖了大半辈子的冰糖葫芦。我的心顿时一紧。我支起自行车走近去瞧那遗像，当我看清那老人的慈祥的遗像时，我的喉咙刹那间剧烈地难受起来，那一刻我也真的想坐到地上大哭一场那个老人。因为那个老人，就是小时候，送我冰糖葫芦的那个老爷爷……

回去的路上，我默默地在心里一遍遍地说：好人一生平安，好人一生幸福。如果有来世，我也祝老爷爷来世一生平安，一生幸福……

而如今，那个送我冰糖葫芦的老爷爷的去世也已过去许多年了。

许多许多年了，那串冰糖葫芦，我一直没有忘记。我想，这辈子恐怕我是想忘也忘不掉了。

走上社会后的许多年里，我常常在想：那个老爷爷为什么要送我一串冰糖葫芦呢？为什么要去哄一个陌生的哭泣孩子呢？为什么要白白地送我一串冰糖葫芦呢？

你说，我们活在世上要经过多少的亲朋好友熟人啊，而偏偏是那个只见过一面的老爷爷我却深深地记在了心里；你说，我们活在世上要经历多少的大事件啊，而偏偏是这么一件像星星一样小的往事我却一直没有忘记；你说，我们活在世上要吃多少的佳肴美味啊，而偏偏是这串再平常不过的冰糖葫芦我却永远也无法忘记。这件往事小得就像一颗星星，然而，这颗星星却照亮了我的心灵，照亮了我的人生……

难忘那一串冰糖葫芦，一个陌生的老爷爷送我的冰糖葫芦……

安静

对于我来说，安静是一种记忆，是一种怀念。

我曾有过三段安静的经历，刻骨铭心，终生难忘。

第一段经历是在我四五岁前后的那几年，那时我还没有上学。那几个夏天年轻的父母忙于劳作，而我却没人看管，让我独自出去又不放心，于是他们上地时就要把我锁在家里。我当然是哭闹着反抗，歇斯底里地哭喊着让他们放我出去，甚至于苦苦哀求。可是任何方式都没有结果，我无论如何也无法摆脱被锁在家里的命运。看着高大的铁院门"哐当"一声关上，门闩"哗"地穿上，紧接着"咚"的一声锁门声，我就彻底地绝望了，心中的怨怒不久也就粉身碎骨了。开始那些天我是很无聊的，可不久我就从院子东面的荒院里找到了乐趣。那荒院是我家闲置的院子，与我家住的院子只隔了一道矮矮的土墙，土墙北侧还有个小小的篱笆门。荒院里只种了七八棵的桃树，其余的生命全都是野生的草和花。那是个美丽的乐园，桃树郁郁葱葱，草丛绿油油的，黄的紫的野花挺立在草丛间，轻风吹来便摇起它们那鲜艳的花朵。草地上常有白的黄的漂亮蝴蝶飞来，飞舞在草丛间久久不肯离去。而荒院最大的迷人之处却是它的安静，真正的天然的安静。当夏日下午金晃晃的阳光泻进荒院时，荒院就更显安静了。我常常沉浸于那种安静之中。在安静中，我呆呆地看那棵棵静谧的草儿；在安静中，我攀在桃树的枝杈上沐浴桃叶温柔的荫凉；在安静中，我躺在草地上透过金晃晃的阳光久久仰望那高远的蓝天和花团似的白云；在安静中，我静静欣赏蝴蝶们的翩翩起舞，似乎常常能听到它们飞翔的声音……这安静，静静地沉淀在我幼小的心灵中。

第二段经历是在我小学时代的后几年。那几年我和伙伴们在邻村的学校上学，上学放学都是骑自行车，晚上要上晚自习。下了晚自习我们从学校骑车回家，这记忆是很深刻很深刻的。而对于季节，记忆最美的是春夏之交。当晚自习放学的铃声终于震响，我们便都怀着愉快的心情推着自行车到校门口集结，等所有的人都到齐了我们就要成群结队地上路了。从学校所在村到我们村的那段路程是马路，那夜色是极美的。深蓝的夜空洒满着璀璨的繁星，那星儿就像是一盏盏小小的明灯。一轮皎洁的圆月悬在夜空，将如水的月光泻在故乡的大地上，月亮周围还环绕着一圈美丽的月晕。宽阔的马路两边是两排密密的高大杨树，繁茂的树叶反射着明亮的月光，像是千千万万颗珍珠垂挂在杨树上。杨树下的月光是碎碎的，像是月亮给大地的纯洁的吻。当阵阵的暖风吹来，高大的杨树便会"哗哗"地缓慢地连绵起伏，像极了大海的声音。我们就在这高高的杨树下骑车而归，不紧不慢，说些当天班里发生的事或是唱歌。歌声在春风中飘荡，我们在春风中沉醉。虽然有轻轻的风声、自行车轮声和我们的说话声、歌声，然而那情境的本真却是安静，我们的感觉是安静。这正应了那句古诗：蝉噪林愈静，鸟鸣山更幽。

第三段经历是我小学和初中那几年独住一间小屋的那些安静时光。我从小就喜欢安静，向往独处，后来终于在小学四年级的时候搬到了以前我们家用来做豆腐的小屋里。我终于拥有了自己的小屋、自己的天地、自己的天堂。小屋坐西朝东，朱红色的门窗精巧而雅致。屋子里的摆设很简单，只有一张床和一张桌子。床在临窗的墙角，桌子在窗下，床同时也兼着椅子的角色。我把我所有的东西都搬到了我的小屋里，还在窗台上摆了一盆仙人掌。从小小的窗户望出去，天是那样地蓝、那样地高。时而有雪白的轻云浮过，擦净了天空，也抚静了我的心灵。天空下，院子远处和院子里是一棵棵绿莹莹的榆树和枣树。蓝、白、绿三种鲜艳的颜色将我小小的窗户装饰得美丽而明亮。小屋是安静的。坐在床上面对沉默的朱红色桌面，那是一种安静而自由的幸福。在一个个安静的夜晚，当月亮悄悄爬上树梢的时候，我的窗户就迎进了一缕月光。这时我总是躺在床上或坐着，打开收音机，披着月光聆听那天籁般的美妙音乐。那音乐使我安静、使我

130

陶醉、使我想象。那安静的时光，永远难以忘怀……

这三段安静的经历，成了我最深刻的记忆，永远地沉淀在了我的心灵深处。

后来，我的世界越来越大了，理想越来越大了，离家也越来越远了。而安静，却也离我越来越远了。浮躁和烦乱常常像毒蛇一样死死地缠绕着我，使我痛不欲生，欲罢不能。我无比地怀念我曾经的安静，我一次次执着地寻找着安静，然而却一次次地希望落空。于是，我常常思索这其中的原因。是因为从农村来到了城市吗？是因为长大了必须考虑的事情多了吗？是这个时代越来越喧嚣了吗？是因为自己年轻吗？我不知道，或许都有吧。

是的，或许，都有吧。

然而我始终坚信，安静终究还会回到我的心中，因为没有什么外在的力量可以战胜我们的心态。当我渐渐调整好了自己的心态，当我渐渐适应了这沉重而浮华的人生，安静，自然就会回到我的心中的。这一天不久就会到来，这一天必定会到来。

安静在哪里？安静在我的记忆中。

安静在哪里？安静在我们每个人的心里。

难忘那些黄昏

那年我大约五六岁，哥哥大约七八岁。

夏天，正是地里农活最忙的时候，爸妈几乎每天都要天黑才回来。哥哥学会了做饭，每天都能在爸妈回家之前把饭做好。我整天跟着哥哥，也帮着做一些力所能及的事。除了做饭，哥哥还要负责喂养家里的那两只羊。怎么喂养呢？哥哥想出了一个好办法，那就是每天黄昏做好晚饭后就去村南沙坑边爬到那些大杨树上砍杨枝条，既省时又省心。

每当哥哥做好晚饭，就会马上带上斧子和绳子闯进夕阳的红色柔光里，我也紧跟在他的身后。那黄昏真的很美很美，夕阳如一个巨大的红玉盘将整个天空和大地染得通红，几抹红云搁浅在夕阳下面迎接着夕阳的轻吻。田野上吹着柔和的风，将那些大杨树吹得发出悠长悠长的"哗哗"声，使小小的村庄显得更加宁静安详。

我们到了大杨树下，哥哥便将绳子丢到地上，将斧子别在腰间，然后蹭蹭几下就爬到了树头的大枝干上。伴着悠悠的风声，哥哥开始砍杨枝条，"咔、咔、咔"，节奏很是和谐，三两下就能砍下一支枝条来。那枝条伴着轻风缓缓地落下，划出一道道优美的弧线，然后落到地上等我捡起。我在地上愉快地跑来跑去捡杨枝条，不曾感到一丝劳累。劳累的是哥哥，他可能在树上要出满头的汗。可是他却很小心，从没有摔下来过，也没将斧子从手里滑下过一次。等杨枝条砍得足够多了，哥哥便会叫我走远一点，然后斧子就会稳稳地落到地上，紧接着哥哥就从树上敏捷地滑了下来。哥哥将大部分的杨枝条用绳子捆住自己扛回家中，留下一小部分让我抱回去。这时夕阳已沉下地平线，只在天边留下一抹红云，田野和村庄都已变得朦胧。我们一前一后地往家里走着，带着劳动的喜悦，伴着凉凉的晚风。

那些黄昏真是太美太美了。又因为有了砍杨枝条的经历，那些美丽的黄昏我至今都无法忘记，那是我童年的记忆中最温馨的一部分。

难忘那些黄昏。难忘哥哥，难忘童年。

故春印象

我的故乡在一马平川的冀南平原上。对于故乡，最令我难忘的是她的春。故乡的春天是美丽的、温暖的、温馨的，在我记忆的深处，深藏着许多关于故乡春天的记忆……

在我很小的时候，家里养着几只羊。爸妈忙着地里的农活，喂羊的担子就落在了年幼的哥哥肩上。春天和夏天的傍晚，哥哥常常带着我到村南的大坑边砍杨树枝给羊吃。那故乡的傍晚是美丽的，美丽得甚至难以用语言来描述。一轮火红的夕阳渐渐西斜，透过淡淡的晚霞，把整个天地映得一片辉煌，故乡大地上的一切都被浸染得彤红。瓦蓝的天空变成了彤红的天空，碧绿的田野变成了彤红的田野，朴素的村庄变成了彤红的村庄，就连田野里劳作的每个人的身影、每个人的脸、每个人的眼睛也都变成彤红的了。渐渐地，小小的村庄里升起了细细的炊烟，那炊烟也是彤红的炊烟，飘飘悠悠就像是一条细细的红纱巾向天空轻轻飘去。暖暖的南风徐徐地吹着，犹如醇香的美酒使人沉醉，使人温暖。整个故乡一片彤红，一片朦胧，一片温馨。就在这美丽的傍晚，哥哥和我便迎着暖暖的春风向村南的杨树群走去，小小的身子被夕阳映得通红。在春风中，哥哥爬上哗啦啦作响的高高的杨树用斧子砍下一枝枝的杨树枝，我便在这树下来回跑着一枝枝地捡杨树枝。杨树枝落下来时在空中划出一个个优美的弧线，有如我们优美的想象。等杨树枝砍得差不多够了，我们便各抱着一捆杨树枝在醉人的春风中，在红红的夕阳的映照里走向家去……

小时候，我家的院子外面长着一围高大的杨树。春天的时候故乡天天刮暖暖的春风，春风中那沉默了一冬的杨树群便会奏出"哗哗"的悠悠声响，就像是大海那缓缓的涛声。那时候我非常向往大海，可是却见不到，因而我便常常爱听这杨树群的涛声。那时候我睡在窗边，在一个个有月或无月的夜晚，我便每每会侧着身子望着窗外的杨树群聆听它们的温柔的演奏。月光照在杨树上，那千千万万的杨树叶便如同碎银一般闪烁着无数点的亮光。晚风吹来，杨树们的繁茂的枝叶便会柔柔地向北弯去，同时演奏出海涛般迷人的天籁。这一声声悠悠的天籁回响在院子外面，回响在空中，回响在春天的晚风中，响彻了我家的院子，响彻了小巷，响彻了整个村庄，然后飘向远方，飘向故乡的每一个角落。我小小的心灵陶醉地聆听着这温柔的天籁，这天籁便在不知不觉中飘进了我灵魂的深处，响彻在我灵魂的每一个角落。在这温柔的大海的涛声中，我久久地仰望着深情演奏的杨树群；在这温柔的大海的涛声中，我用心灵聆听着它们的醉人的演奏；在这温柔的大海的涛声中，我久久地沉醉其中忘记一切；在这温柔的大海的涛声中，我渐渐地飘进了梦乡。然后我梦见，我站在望不到边际的大海边，一波波海浪唱着欢乐的歌向我奔来……

小学时代的后几年我在邻村的一所学校上学，天天骑着自行车往返于学校和家之间，骑车技术相当地熟练。连接两个村庄的是一条宽宽的马路，马路两边坚定地生长着两排高大的杨树。春天的时候，我最喜欢在傍晚时骑着自行车在浓荫掩映的马路上飞奔。当傍晚学校放学的时候，故乡便展现出了她最美的韵容。温柔的夕阳普照着生机勃勃的大地，将葱绿的树木庄稼染得彤红。万物都在复苏，万物都在生长，广阔的大地充满了生命的力量。空气是温暖的，此时也被夕阳染上了淡淡的红色。两排高大的杨树营造出密密相连的浓荫，将马路映衬得生动而可爱，远远望去，马路和杨树便延伸成了一条绿色的长龙。我骑上自行车在马路上欣赏着这迷人的傍晚景色，温暖的空气从我身上轻轻划过，就像是暖暖的温水，温柔而细腻。骑了一段后我加快速度在马路上飞奔起来，双手离开车把打起了撒把。这时，马路上空杨树的绿荫飞一般地向后跑去，连成了一片绿色的海洋。空气在我的耳边呼呼作响，将我的头发和衣服猛烈地向后吹去，这种刺激使我无比地激动、兴奋起来。我张开双臂拥抱着春风，飞奔着、欢呼着，就像是一只矫捷的海燕在无边的大海上尽情地飞翔。我忘记了一切，我只感觉到我的飞翔。在那一刻，我感到了身体的飞翔，感到了心灵的飞翔，感到了梦的飞翔……

在我的故乡，农人们常常爱种用于榨油的油菜。每每春天油菜花开的时候，整个故乡大地便会变成一个金黄灿烂的世界。站在村外的路上向田野放眼望去，广阔的田野一片灿烂的金黄，一眼望不到边。那一块块的油菜地散铺在大地上，一块连接着一块，一直铺到天边。油菜花的香气铺天盖地，弥漫在田野间，弥漫在道路上，弥漫在村庄的角角落落。灿烂的阳光下，油菜地里飞舞着好多的采蜜的蜜蜂和彩色的蝴蝶。它们像是在进行着舞蹈表演，而油菜地便是它们的金黄的舞台。油菜花开的时节，也是我们这些小学生们的节日，课余的时候，我们便常常跑到油菜地里在浓浓的油菜花香中采油菜花、嬉戏、捉蝴蝶。那样的时光总是很快乐很快乐，也总是过得很快。还有不少的老师同学会到油菜地里去照相留影。自己照、几个同学合照、老师同学合照，都有。照相机前，搭着肩、拉着手、打个手势，哦，对了，女生们最重要的是还要采一束油菜花握在手里，有的索性还要往头上戴几朵。照相师喊"预备——"，一张张纯真的脸便都露出了灿烂的微笑，随着"咔嚓"一声的拍照声，那一张张灿烂的笑脸便都永远地定格在了胶片中。春天是美丽的，而更美丽的，是照相机前的那一张张灿烂的笑脸……

而如今，离开故乡，已这么多年了，我也这么大年龄了……

人长大了，身体便不再属于故乡。当兵、上大学、工作，这些年来，孤独的我一直远离着故乡。然而，人长大了，心却永远属于故乡。在每一个孤独的时候，在每一个失落的时候，在每一个夜深人静的深夜，我无法不想起我的故乡。想起了，便会甜蜜，便会幸福，便会微笑，便会获得安慰，便会在梦中回到我的故乡、我的童年……

故乡，我永远的故乡，我童年的故乡，我灵魂的故乡……

难忘故乡的春天……

深深的故乡

那一年，我四岁。

在那个晚饭后的静悄悄的夏夜里，家人们都去村西头看戏去了，只剩了奶奶在院子里陪着我。躺在一张古旧的木床上，仰望着夜空那条横贯南北的璀璨而深邃的天河，奶奶给我讲着那流传几千年的古老传说。后来，我闭上了眼睛。渐渐地，奶奶似乎觉得我睡着了，便轻轻地下了床给我盖上了一条被单，然后又轻轻地向院门走去。一阵轻轻的关门声、锁门声之后，奶奶的脚步声渐渐地消失在了小巷深处。我知道，奶奶也去看戏去了。奶奶是喜欢戏的。其实，那时我并没有睡。

我睁开眼睛，望着院子上空的夜空，静静地眨着眼睛。温柔的黑夜静静地拥抱着这个世界，使一切都变得更加安详而深邃。满天的繁星悬在深蓝的夜空，闪烁着洁白而清新的光芒。院子里的几棵苹果树高举着茂密的枝叶，迎接着那满天的星光。深沉的院子晒了一天的太阳，此时散发出一种淡淡的黄土的气息。

夜晚，空气凉丝丝的、湿润润的。从这湿润润的空气中，依稀传来村西头那吸引了全村男女老少的戏曲声。我就那么静静地眨着眼睛，久久地眨着眼睛。渐渐地，我产生了一种奇妙的感觉，进入了一种神秘的、从未体验过的境界。在那一刻，我对日日夜夜身处的故乡第一次产生了一种深深的感觉。是的，故乡，是那么地深，深得甚至使我幼小的心灵无法承受，无法感受。在那一刻，故乡那久远的历史、那深厚的黄土气息第一次进入了我的身体、我的心灵、我的灵魂。

对于故乡，我的感觉难以表述，我只能以一个"深深"来加以笼统地概括。我进入这种境界，或许是由一种氛围造成的——深奥的黑夜、深邃的星空、深厚的黄土地、深远的历史、古旧的木床、年迈的奶奶、古老的传说、悠久的戏曲……

　　从那个夜晚开始，我结束了自己混沌的幼年时期，进入了新的越来越明白、越来越清明的生命阶段。而我对故乡，也便是从那时才开始了解读。而我，将用一生来解读我的深深爱着的故乡……

那扇古老的门

在我记忆的深处，有一个永远磨灭不掉的记忆。这记忆在每个心静如水的时候都会涌上我的心际，让我沉静，令我怀想……

冬日的深夜，我跟着奶奶从庙宇中归来，走进那个寂静的院落。月光如水般静静泻在院子里、树枝上和老屋上，老屋更显得深沉而神秘，像一位永恒的老者。我跟着奶奶一步一步蹒跚地走近老屋，走近那扇古老的门。到了门前，奶奶轻轻地把门推开，古老的门发出悠长而深邃的"吱——嘎"声，展现在我们面前的是一个神秘而模糊的世界。我跟着奶奶走进了那间老屋，走进了一个新的世界。

这情景我不记得是否真的有过，然而这情景却在记忆的深处镌刻得那么深刻，怎么也无法抹掉。许多年来这记忆常常将我带回到那个意识朦胧的幼年时期，令我无限怀念。那是我生命中最初的记忆，朦胧、神秘、深邃。

这么多年来我一直在想，为什么我对那个记忆充满了怀念，总是忘不了那情景、那老屋和那扇古老的门呢？后来渐渐得出了答案：因为那是我生命中最初的记忆。自从那扇古老的门向我敞开之后我就进入了有记忆的生命阶段，生命的小舟驶进了生活的大海，那个意识朦胧的时期已经永远地过去了。

生命中最初的记忆总是朦胧而又神秘，而这种感觉是用文字表达不出来的，只可意会而不可言传。我们每个人也许都有过，但总是说不清，道不明。然而有一点是可以用文字确切地表达出来的：那个意识朦胧的时期是我们生命中最美妙的阶段，可那个时期已经永远地过去了，永远不会再来了……

蝉的往事

我的故乡冀南平原位于河北省最南部，是华北平原的一部分。在这片广袤的黄土地上，生活着一代又一代的故乡人。在这片广袤的黄土地上，也繁衍着一代又一代的蝉。只要有夏天，就有蝉，就有蝉的嘹亮的歌声。故乡的夏天属于蝉，蝉是故乡大地上不倦的歌者。每个故乡人的记忆中都飘荡着蝉的激昂的歌声，每个故乡人的童年都有着与蝉共同度过的日子。而我所要讲的，只不过是所有关于蝉的记忆中的几段小小的往事……

捕蝉

蝉对孩子们永远有着无穷的魔力。它的黑俊的外貌、它的飞翔、它的歌唱，使孩子们好奇、羡慕和喜爱，永远吸引着孩子们去捕捉、去玩弄。而对于我们这些没有什么玩具的农村孩子来说，它的魔力就更显其大了。在那一个个漫长而炎热的夏天，在那一个个没人看管的下午，我们常常是要三五成群地到村头树林里去捕蝉的。

既是捕蝉，则当然是要带工具的。装蝉的工具通常是透明的玻璃罐头瓶，这样便可以欣赏到蝉到罐头瓶里的一举一动。罐头瓶的瓶颈上系根棉线，这便是提手了。最重要的工具是捕蝉用的竹竿儿。蝉通常是抱在树的高处的，因而竹竿儿是必不可少的。光是竹竿儿也是不行的，最关键的是竹竿儿梢上的"圈套"。这圈套常见的有三种，都非常有趣，一种是有固定铁丝口的网兜，一种是有固定铁丝口的塑料袋，还有一种是粘在竹竿儿梢的生面团。网兜和塑料袋的铁丝圆口的直径只比蝉身长一点点，不能太大，否则蝉就容易逃走。生面团最逗人，但偶尔会把蝉翼或蝉腿粘掉。

带着各自的工具向村头树林走去，路上我们早就按捺不住自己的激动心情了。待终于到达蝉歌嘹亮的目的地，我们就都急急地各自为战了。虽然没有谁说要比赛，但都在心里展开着认真的竞争。绑在竹竿儿梢上的铁丝口"啪"的一声扣在树干上，一只蝉就被扣在了网兜或塑料袋里。它尖叫着、扑腾着，然而却怎么也逃不出去。一只小手将它抓住放在罐头瓶里盖上盖后，它先也是尖叫、扑腾，然而不一会儿就疲倦了，放弃了逃走的念头。用生面团捕蝉最有趣，白白的生面团只那么轻轻地往蝉背上一靠，那蝉就会百分之百地成为小主人的玩物。捕了一只又捕一只，每捕到一只便是一声欢叫。不一会儿，每个罐头瓶里便都装进了十几只蝉。它们在一块儿是很热闹的，你踩了我的脚，我撞了你的眼，吵闹着、挣扎着，一个个都忘记了自己的不幸命运。我们都停下工作聚到一块儿数自己的战利品，若是谁的最多他必定要兴奋地"嗷嗷"地叫几声。我们满足地回到家里，一个个变着花样地玩起蝉来。我们常常用棉线系住蝉腿来玩，这时蝉便成了一只活的风筝，一会儿飞到这儿一会儿飞到那儿，我们就紧跟着它跑，放着不用风便能飞的"蝉风筝"。有的则将蝉翼撕了去让蝉在地上爬，让它由一个飞行动物变为了爬行动物。有时，我们也免不了伤到蝉甚而要了它的命。现在想来，那时我们确乎是有些残忍了，但这对于纯真的孩子们来说，大约是可以原谅的吧。

捉蝉蛹

捉蝉蛹的乐趣或许比捕蝉还要多，因为捉蝉蛹不仅可以玩，更重要的是能炸着吃。炸蝉蛹是我们童年的记忆中最可口的一道佳肴。

吃过晚饭，深蓝的夜空早已缀满了耀眼的繁星，我们都迫不及待地打着手电筒、提着罐头瓶、拿着细竹竿儿到约定的地点去集结，等人都到齐了我们便怀着强烈的期望向蝉的王国——村头树林走去。罐头瓶里我们都装着少半瓶的浓度很高的盐水，捉到了蝉蛹便马上放进去腌起来，这样可以防止它们在罐头瓶里蜕变。路上我们也不放过一棵树，见树就冲，上下转圈照照，没准儿就能收获当晚的第一只蝉蛹。一到村头树林，我们便都马上默不作声地分路捉起蝉蛹了。蝉蛹都是土褐色的，笨拙得像只乌龟，如果不知道的话很难相信它会变成一只善于飞翔的蝉。蝉蛹从洞里出来后都会找树爬上去，它们大都是在树上被发现的，偶尔也有在地上爬行时被我们发现捉了去的。若是蝉蛹爬得高，我们便用细竹竿儿把它拨下来，爬得低的我们只管拿就行了。把蝉蛹"咚"的一声放进罐头瓶里的盐水里，我们心里有说不出的高兴。一只、一只、又一只，等我们捉倦了收工回家时，每个罐头瓶里便都泡上了一二十只蝉蛹。等回到家把罐头瓶放到厨房里后，我们便都开始了对炸蝉蛹的热切期盼。然而蝉蛹得腌好几天才能炸，我们心急也是没用的，只有耐心地等，等了又等。

等蝉蛹终于腌好了，我们便都急不可待地让爸妈给我们炸或是自己炸。我是会炸蝉蛹的。在中午炒菜之前先往菜锅里多舀些油熬着，熬好了便把腌好洗净了的蝉蛹放进去炸，随着"喳"的一声炸水声，那蝉蛹就开始迅速地熟变了。先是身子变长，然后背上裂开缝，继而全身变黄。用铲子不断地拨动着，半分多钟那蝉蛹就炸好了。这时，醉人的香味早已弥漫了整间厨房。拿起一只放进嘴里细细地嚼，你绝对会认为这就是世间最绝的美味了！那顿饭下来，你必定会美美地回味半天！

那喷香的炸蝉蛹，至今想起来都让我垂涎三尺。而除此之外，还有就是真诚的忏悔。

引蝉投火

在所有关于蝉的往事中，引蝉投火也是很难忘的。

蝉是喜光的昆虫，晚上若是附近有一团火，蝉受到惊动后常常会向着那火堆飞去。那时候大我们五六岁的二伯父家的海科哥哥知道了蝉的这一习性，于是便常常带着我们玩那个游戏。晚上他带着我们来到树林里先在地上点上一堆火，然后就叫我们和他同时蹬附近的树。树上的蝉突然受到惊动，纷纷发着奇怪的叫声从四面树上飞向那熊熊燃烧的火堆。它们投进火堆后都是惨叫几声、扑腾几下便不再有动静了，死了，不一会儿就能闻到它们尸体的焦煳味。也有没有投进火堆的，而是落到了火堆附近，这时我们便会抓起它们供自己玩弄。点一堆火能蹬好几次树，等附近树上真没什么蝉了便换个地方再点一堆火，一个个都玩得乐此不疲。

现在想想，我为我们那时的行为感到自责，也为蝉们的投火而深深感动，它们是在追求光明啊！

故乡的夏天，永远飘荡着蝉的激昂的歌声。这歌声伴着故乡人度过朴实而纯真的童年，而后又伴着他们在黄土地上一年又一年地劳作、抗争，直到他们合上双眼被埋进厚厚的黄土地。蝉的歌声是故乡夏天的一部分，蝉是故乡的一部分，蝉和故乡人之间有着永远的不解之缘。

蝉是一种非常热爱生命的昆虫。在那炎炎的夏日里，它不知疲倦地高唱着生命之歌，从不畏惧烈日的炙热。天气越热，它的歌声越是激昂。蝉是不屈的。它的生命是短暂的，然而却是辉煌的。这蝉的不屈的品质，不知不觉中便融进了每个故乡人的骨髓。我们小时候是在蝉的歌声中长大的，我们的骨髓里流淌着蝉的不屈的品质。

难忘蝉的往事。

高唱蝉歌，开创人生！

童年的风筝

我的童年是孤独的。曾有许多的日子，我是独自与我的风筝共同度过的。

六岁那年的初春，我着了魔一样地迷恋上了风筝。我家在村子的最南头，南面是个偌大的大土坑，土坑以南是一望无际的绿油油的麦地。那时小年还没过便有一些大大小小的孩子在麦地上放风筝了，而后放风筝的人就越来越多了。一个暖暖的下午我一个人走出院门，一抬头看见高阔的蓝天上正飞着数不清的花花绿绿的风筝，一下子震惊了。在那以前我好像没见过放风筝，或者说没注意过，更没见过那么多的风筝一块儿放。坑南的麦地上，好多大大小小的孩子正在欢快地放着他们的风筝，有的来回地走着，有的将线一扯一扯的，还有的正在飞跑着放飞自己的风筝。就在那一刻，我对风筝着了魔。我久久仰望着天上那数不清的风筝，一种狂热的羡慕在心中迅速地滋长着……

回到家里，我迫不及待地向妈妈要起了风筝：

"妈妈，我要放风筝，你给我买只风筝吧！"

然而妈妈却一口回绝了，说一只风筝要好几块，还要买线拐子，下来要十几块呢。这是我所预感到的，因为一来我的年龄还很小，二来我也知道家里并不富裕，不像那些有钱的人家。于是，我便不再奢望买风筝了。

然而小孩子一旦对一种事物着了迷，那种迷恋是怎么也无法控制的。我像中了魔似的整天想我的风筝，想得白天不说话，想得晚上睡不着，想得夜夜梦风筝。一天，我终于鼓起勇气又向爸爸要了一次风筝，然而又是被回绝了，说买风筝太贵。后来爸爸又说，我还小，明年春天他一定给我买风筝。于是，我便只好继续做我的风筝梦了。

后来一个偶然的机会，我从村里的一个老爷爷那里了解到了做风筝的一些知识，于是回到家便一个人默默地做起风筝来。我找来了竹篾和细铁丝，窗纸不好找、不好糊我便用塑料布代替。我照着记住的风筝的样子一个劲儿地做啊做啊，做了大半个下午终于做好了。虽然那风筝样子不怎么好看，可对那时的我来说真已经是很不错了。我的风筝是与众不同的，因为它的身子是塑料布做的，颜色是乳白色的。我翻箱倒柜地找来一个棉线团将棉线缠到一截木棒上，这就是我的线拐子了。我激动地把棉线头系在风筝的胸线上，然后就欢呼雀跃地向坑南的麦地跑去。我一个人牵着风筝在麦地上兴奋地飞跑着，终于将风筝放上了天。在那一刻，我的心里盈满了幸福。然而好景不长，它刚放上去几秒钟便出了问题，头老是向左下方栽，栽了一会儿后竟栽到了地上。我赶紧请教放风筝的大孩子，他们说我的风筝不平衡，要在风筝上系布条儿尾巴才行。于是我赶紧跑回家给我的风筝系布条儿尾巴，接了一截又一截，一直接了一米多。拿到麦地里一放，果然好了许多。尽管它仍常常向左边偏，但已是很轻微了，根本没有了栽下来的危险。我就高兴地放啊放啊，天黑了也舍不得回家，直到妈妈喊了我三遍我才恋恋不舍地收起我的风筝向家里走去。这时，麦地上早已没有别的人了。

我终于有自己的风筝了！那个晚上我无比地快乐、无比地幸福，只盼望着第二天的早晨能早早到来，早早到麦地上去放我的风筝……

然而第二天，我幼小的心灵却受到了重重的打击。那天上午当我在麦地上再一次放飞我的风筝的时候，好几个大一些的孩子却开始讥笑起了我，说我的风筝难看、不平衡，就像一只丑陋的蝙蝠。我没有说什么，因为我的风筝的确不漂亮而且不平衡。而从那以后我就再也不去那片麦地上放风筝了，而是到离他们很远的东面的那片麦地上去放风筝。在那片麦地上，我一个人孤独地放着我的风筝，一天又一天，然而却已没有了第一天放它时的愉快心情。我喜欢我的风筝，然而现在这喜欢中却掺进了丝丝的讨厌，同时也怨起了爸妈不给我买漂亮的风筝。而再后来，我就不再放我的风筝了。我默默地把它放在寂寞的立柜顶上，就这样早早地结束了自己的春天。

一年过去了。

第二年的初春，当天上又飞满各种形状的风筝的时候，我对风筝已不再那样迷恋，而爸爸却在一个暖暖的午后给我买了一只漂亮的风筝。这时我想起了去年爸爸说过的话，说今年要给我买一只风筝。看到风筝我心里先是一阵欣喜，可那欣喜只那么一瞬就退去了。我对风筝的狂热迷恋已经过去了，况且爸爸买来的这只风筝也使我想起了去年所遭到的讥笑。不过，我还是拿着它到麦地上放了起来。但是几天后我就不再放它了。

从那以后，我没有再放过风筝。

童年的风筝，留给我的是一个缺憾。

而其实，童年的缺憾，又何止是这一个呢？

然而童年时的那个风筝的缺憾却并不全是伤感的，它也是纯真和美好的，令我怀念。这个缺憾或许会给我童年的记忆蒙上一层阴影吧？然而不是，真的不是。相反，在我的记忆中，我的童年是美好的、难忘的，是令我永远深深怀念的。那些缺憾，其实也是美好记忆中的一部分。缺憾是自然的、客观的，缺憾应该存在。然而我的童年，是美好的，我怀念我的童年。

世界因缺憾而真实，人生因缺憾而深刻。

我那只童年的风筝将永远飞在我广阔的心灵中……

与绿邂逅

我的故乡在一马平川的冀南平原。在我的印象里，春天的故乡是最美的，而春天的故乡最迷人之处就是她的绿。

阳春三月，树啊草啊竞相吐绿，一天一个样，每天都能给你带来意想不到的惊喜。嫩绿的芽碧绿的枝，蓬蓬勃勃，放射着生命的无限活力，心情再不好的人见了这绿色精神也会为之一振。到村头，到田野里，看吧，到处都是绿色，整个世界都被这绿色统治了，这种视觉冲击力带来的振奋和惊喜能使人焕发出最强的生命力。干涸的心田有了这绿色的浇灌，怎能不长出最生动的活力与希望？

进入四月，故乡的绿就到了最繁荣的时候。这时，树叶、草叶差不多都长成了个儿，与夏天的叶子相比，它们是新鲜的、纯净的、圆满的，因为它们还没有经受太多的太阳炙烤和风吹雨打。这种绿色是那么地诱人，那么地充满力量。最壮美的是马路两旁的杨树。一棵棵杨树高大挺拔、枝繁叶茂，随着望不到头的马路蜿蜒曲折，远远望去就像一条绿色的长龙在舞动。那时我最喜欢在美丽的傍晚骑上自行车在马路上飞奔。骑在自行车上，人变高了，速度快了，耳边还响着"呜呜"的风声。抬眼看两旁的杨树，感觉自己就像在绿色的海洋上贴着海面飞翔，整个身心都被那流动的绿浸透了，振奋、惊喜、蓬勃……那种感觉穿透身心、刻骨铭心。

那天早上我坐公交车去办事，在车上找了个靠窗的座位坐下。当公交车徐徐开动的时候，公路边的一棵棵杨树开始往车后移动，当车速越来越快的时候，那一棵棵杨树的绿色就连成了一片。刹那间，我被这流动的绿振奋了，我在春天故乡的马路上骑车飞奔的感觉顷刻间潮水般地从我心底涌出。那种感觉又来了，我又飞翔在绿色的海洋上了！同样的时节、同样的树、同样的绿色……故乡，对，这就是故乡！一种浓烈的亲切感顿时涌上心头，是的，我回家了，我回到了我那魂牵梦萦的故乡！此时，我的心灵获得了无限的慰藉，所有的疲惫忽地都烟消云散了。看着眼前这个一直以来总感觉陌生的城市，心里竟也产生了一种温暖的亲切感。忽然明白了：人要是在他乡看到与故乡一样的自然风景，总会产生回家的温暖感觉，你对身处的这个他乡也会产生浓烈的亲切感，就像自己的故乡一样。

我永远也忘不了春天故乡的绿。

与绿邂逅，我回家了！

寂寞的童年

我的童年是寂寞的。

在我还不记事的时候，父亲母亲由于种地脱不开身，又没有可以托付的人，就挖了个土井每次上地前把我放进去。这样，哭也好闹也好，倒不下爬不出，挺安全，父母也很放心。哭是肯定哭过的，可是有什么用呢？哭够了就傻待着或睡觉。我就这样在土井里待了好几年。土井跟着我的身体渐渐修大，可总有一个"合适"的限度限制我，那就是倒也倒不下，爬也爬不出。

再后来长大了些，父母就不再把我放到土井里了，而是每次上地前把我锁在家里。尽管我又哭又嚎，但仍是摆脱不了独守院落的委屈命运。一天下午我又被锁在了家里，想翻墙出去却怎么也爬不上去，气急之下把灶台上的一块土坯都掀掉了。可是又有什么用呢？等气消了，我仍然又归于平静。

然而渐渐地，我从院子东面那个荒院里找到了乐趣。这个荒院是我家的地皮，与我家院子只隔了一道矮矮的土墙，土墙北边还有个篱笆门。荒院里种着几棵桃树，地上长满了野草。进到荒院里，时间长了，竟也发现了许多好玩的东西。爬桃树，把桃树干上的黄胶团揉着玩，逮蚂蚱，用树枝扑蝴蝶……其乐融融。我最爱玩的是扑蝴蝶。举起一段茂密的干树枝，看准了一只漂亮的蝴蝶就哇哇地追扑过去，气势绝不亚于战场上的短兵相接。然而，直到满头大汗仍是没扑住一只。不急不急，坐在草地上喘喘气，休息一会继续战斗。终于扑到了一只黄蝴蝶，我兴奋得不得了，小心地捏着，仔细地欣赏着，一不小心蝴蝶竟挣脱了我瘦瘦的手指飞上高空，飞出院墙了。扑累了，我就找一片柔柔的草地躺下，望着荒院上空金晃晃的阳光，不一会就睡着了……

后来我又长大一点，父母对我出门玩耍也放心了，就不再把我锁在家里了。于是我有了小伙伴，有了游戏，有了大世界，有了更多的欢乐。

我们农村的孩子，境况大都和我一样。我们没有小人书、连环画，没有卡宾枪、布娃娃。我们虽也有爷爷奶奶、外公外婆，可他们都还不很老，他们也去地里干活，即使会讲故事也很少有机会让我们这些孩子享受。农村孩子的童年，大都是寂寞的。

可是即使寂寞，我对童年也是很怀念的，尤其是怀念那些在荒院里度过的日子。桃树、荒草、漂亮的蝴蝶，这些伴我度过寂寞童年的美好事物都已沉入了岁月的河流。然而，它们永远也不会从我的心灵深处消逝，因为岁月会老，记忆是不会老的……

亲妈

这是爸爸和邻居们跟我开的最久的一个玩笑。

那时我才四五岁，也不知是哪一天爸爸对我说家里的这个妈不是我亲妈，我亲妈在很远的城里，当时我只是将信将疑。后来，大娘、婶子们都对我说我还有个亲妈，还说她们都见过，很漂亮，而且过几年就要回来接我到她身边。这下，我可就真相信我有亲妈了。从此在我幼小的心灵里，就有了一个模糊而亲切的身影。哦，亲妈，你在哪儿呢？我想念我的亲妈。同时，我也为此感到幸福和骄傲——在很远的城里我有一个亲妈，她不定什么时候就会来接我的。这成了我最美好的一个精神寄托。

有一天爸爸带我到市里，在一个商场里他指着一个穿着红毛衣、梳着长辫子的女售货员对我说她就是我亲妈。我远远地看着我的亲妈，她是那么地亲切而漂亮，她就是我日思夜念的亲妈，我多想扑到她怀里喊她一声"妈"呀！不知不觉我就挪动了脚步走向我的亲妈，这时爸爸赶紧拉住我笑着对我说："现在不能去找你亲妈，她正忙着呐，到时候她就会来家里接你的！"说着就抱起我走了。

从那以后，我就更想念我的亲妈了，有时在梦里也会梦到她。大娘、婶子们都知道我见了一次亲妈，见了我就笑嘻嘻地问："你亲妈漂亮吗？"我说："漂亮！"这时我总是感到很幸福很骄傲。可是亲妈为什么迟迟不来接我呢？我越来越想念我的亲妈了。

爸爸和邻居们跟我开这个玩笑，妈妈自始至终都不插话，只是在一旁边听边笑。

几个月过去了，亲妈仍然没有来。一年过去了，亲妈还是没有来。爸爸和邻居们照旧跟我开这个玩笑，我也照旧想念着我的亲妈。

后来有一天，我因为淘气被妈妈痛打了一顿，我又气又急，心里恨死了这个狠毒的"后妈"。我委屈地跑出家门，扑到麦场上的一个麦垛里伤心地哭起来。我委屈，我伤心，我更想念我的亲妈，我多么希望她能马上过来把我接走啊！后来爸爸找到我哄我回家，可我一个劲地哭着要找我亲妈。爸爸连哄带笑地硬是把我抱回了家。到家后我仍是哭闹着要找我亲妈，我要爸爸带我去找我亲妈。爸爸只是嬉笑着哄我不要闹，始终不肯带我去。妈妈也在笑，我一见她笑就更恨她了！我一定要去找我亲妈，没人带我去我就自己去，我又哭闹着要一个人去找我亲妈。这样闹了大半天，我还是不罢休，爸爸无奈之下对我说家里的这个妈就是我亲妈，我没有别的妈了。我听了不相信，仍是闹着要去找我亲妈，直闹到大半夜累得睡着了。

可是此后我仍是想念着我的亲妈。

后来，随着年龄的增长我渐渐知道了这是个玩笑，我知道了我现在的这个妈就是我亲妈，永远都是。邻居们见我不再相信她们的玩笑了，也就渐渐地不再提这事了。可是我却永远忘不了这个长久的玩笑。在那寂寞的童年里，那个亲妈曾是我多么美好的一个精神寄托啊……

卖冰糕

小时候我有过许多"做买卖"的经历，其中最难忘的是卖冰糕。

那时我才读小学二三年级。当时，在我们农村卖冰糕雪糕都是骑着自行车叫卖。在村子里，在田地里，边骑车边吆喝，生意很是不错，自得地俨然一个赚钱的小老板。不知是因为嘴馋还是想赚零花钱，也不知是不是因为喜欢游逛，我竟然强烈地羡慕起卖冰糕的了，自己很想当当小老板。放了暑假把这个想法跟爸妈一说，他们极力赞成，并资助了我一部分本钱。我越发地有干劲了。

找个纸箱子，在一角锯一个掏冰糕的小口，然后铺上一大块厚厚的破棉絮，棉絮中间包一个洗净了的化肥内袋，冰糕箱就算做好了。把冰糕箱往自行车后座上一绑，骑上车便到邻村的冰糕厂去进冰糕。进冰糕得排号，因为大大小小的同行们是很多的。终于轮到自己时，那激动的心情是溢于言表的。等刚出模的冰糕、雪糕和果汁倒进化肥内袋后，心里有说不出的欢喜。把它们分类摆好再绑到自行车后座上，进冰糕的程序就算完成了。通常这个时候我会先来一块雪糕一饱自己的口福，那滋味当然比吃买来的要好得多。

骑上车子到附近的村子里走街串巷，学着老同行们喊着嘹亮的号子："冰糕——白糖冰糕！""雪糕——奶油雪糕！"或是"雪糕——小豆雪糕！"有时还会加上一句"广告词"："老人吃了长牙唻，小孩吃了长肉唻！"不一会便会把嘴馋的孩子吸引过来。这些冰货进时二分的卖五分，进时五分的卖一毛，进时一毛的卖两毛。看着一块块冰糕换来了双倍的钱，那才叫高兴呢！吃一块，庆贺庆贺！找个阴凉处把车子往墙上一靠，拿块雪糕一吃，优哉游哉，嘴里甜心里更美！

若是农忙的时候，就得到地里卖。虽然自己受点罪，但卖得多，况且买冰糕的也会打心眼里感激你把这可口的冰糕送到他们跟前，只是不说而已。到地里干活大都全家出动，有的还是邻里间帮着干，因此一买就是一大把甚至一二十块。这时，人家买得多了，便宜点也行，反正自己是赚的！

通常情况下生意都还不错，除了能饱自己的口福外还能赚点零花钱。当然，也断不了有亏本的时候。比如，上午进了一箱冰糕中午突然又是刮风又是下雨，别说出不去，就是披着雨衣出去卖又有谁会买呢？这时只能是忍痛狂吃。自己吃，家人吃，可肚子都吃圆了还是剩了一大堆，只好盖严实放起来，侥幸地想看明天能不能继续卖。可第二天早上掀开一看，一块块都酥酥地发亮，一提把儿哗地全掉了。

卖冰糕的好处是很多的，一是可以赚点零花钱，二是可以饱自己的口福，三是可以锻炼自己。现在看来，第三点是最重要的，可当时并没有这么认为。另外，我喜欢游逛，喜欢自由，骑着自行车卖冰糕，人也自由心也自由，实在是一种乐趣。因此，冰糕我一连卖了好几年，直到这一行当被越来越多的冰柜所取代。

回首往事，往事如歌……

逮蛆的往事

作为农民的儿子，有许多许多的往事是跟田地有关的。对于我来说，逮蛆就是其中一段有趣而难忘的往事。这里的蛆，是指棉铃虫，在我们冀南平原都叫棉铃虫为蛆。

那些年农村还很贫困，贫困对我们这些孩子的一大影响就是零花钱特别少。我们要啊要啊，常常是磨破嘴皮、费尽心思。一个暑假的下午我又向爸妈要零花钱买冰棍吃，爸爸想了想就对我说："这样吧，你跟我们去棉花地里逮蛆吧，一只蛆一分钱，十只蛆就是一毛钱！"我高兴地说："好啊好啊，那我们现在就去吧！"爸爸又想了想就到院子里给我找了个小玻璃农药瓶，并用一尺多长的白线绳系住瓶颈给了我，说逮蛆时挂到脖子上，逮到蛆就放到瓶子里盖住。说罢又给我找了顶旧草帽。准备完毕，爸爸就驮着我和妈妈一块到了棉花地。

到了棉花地头，我挂上瓶子戴上草帽就进地逮蛆了。爸爸跟上来教我逮蛆，边做示范边说，逮蛆要抓住棉花棵转着仔细看，花桃上、花朵里、叶子下都有。于是，我就照着爸爸说的挨棵逮起来，抓住一棵棉花慢慢转着，眼睛仔细地找寻着蛆。找过了一棵，再找下一棵。大约找过了六七棵，我终于在一个青青的花桃上逮到了一只绿绿胖胖的大蛆，它正在花桃里专心地吃食、开洞，只剩了半个身子在外面，落难时还不知咋回事呢！我高兴极了，冲爸妈喊道："我逮到了一只蛆！我逮到了一只蛆！"爸爸回应道："恭喜你，一分钱啦！"我的情绪陡然高涨了起来，也更有信心了，于是更加专心地逮起蛆来。一下午下来，颜色各异、大小不一的蛆竟然装了半瓶子。它们团在一起蠕动着、挣扎着，像是在受着火刑一般。爸爸在地头把蛆倒了出来，用一根小木棍拨着数，一只、两只、三只……数完了竟然有四十六只，也就是说我挣到了四毛六！这时我看着那

155

几只特别胖大的蛆突然向爸爸强烈提议："那几只大蛆是蛆里的老板，老板蛆二分钱！"爸爸说行行行！于是，我的钱就从四毛六涨到了五毛五！回到家后爸爸给了我钱，我心里像吃了蜜一样甜，一下午的罪没白受！

从那以后，我就开始了自己的逮蛆生活。

逮蛆其实是很受罪的。似火的骄阳当空烤着，烤得皮肤生疼。棉花丛里空气不流通，闷热得我汗流浃背、气喘吁吁。逮蛆的时间长了，还腰酸腿疼脖子皱。可为了那凉凉的冰棍、香甜的糖果和好玩的玩具，我硬是咬着牙坚持了下来。而习惯之后，也就没那么难熬了。现在想来，那时的我可真能吃苦啊！作为农民的儿子，那种吃苦精神或许是天生的、遗传的吧。作为一个人如果没吃过苦，那是一个缺憾，而作为一个农民的儿子如果没吃过苦，那就是一种罪过！

逮蛆的日子长了，我也曾要过小聪明，那就是把身子较长的蛆掐成两半变成两只蛆，可庆幸了几次后很快就不灵了。那才是真正的"小儿科"啊！

那个暑假下来，我挣到了二十多块钱。虽然曾一直想痛快地大花一次，但我那时却明白了钱的来之不易，只是稍微痛快了一次而又攒了起来。我也明白过来，这才是爸爸的良苦用心啊！

逮蛆的"行当"，我一干就是好几年，每个暑假都逮。再之后，我就不再向爸妈要钱了，我长大懂事了。而又过了几年后，全中国的农民们就再也不用捉棉铃虫了，抗虫棉以它独特的抗虫特性迅速取代了所有的老棉花品种。捉棉铃虫，已成为中国农民的一段记忆。

逮蛆，永远忘不了的往事！

儿时的一个夜晚

天黑下来了。

窗外，萧瑟的秋风正一阵一阵地刮着，刮得窗户也时不时地颤抖起来。而屋里，只有我一个人，只有我一个人默默地坐在这台灯下倾听着秋风。不知不觉地，这秋风竟刮进了我的心里，使我的心里莫名地多了一丝的惆怅。不知不觉地，不知不觉地，一件往事又从脑海中浮现出来，一个夜晚又从脑海中浮现出来。这件往事，这个夜晚，这些年来已不止一次地从我的脑海中浮现出来了。是的，这件往事，已无法从我的记忆中消逝掉……

那是个冬天。那一年，我大约四五岁吧。

那个冬日的上午，妈妈上山烧香去了。那是座离家很远的山，有两百多里的路程。邻居中好些的老奶奶、伯母和婶子都去了，坐着三马车，带着丰足的供品。那些天爸爸和哥哥出了远门，于是便只剩了我一个人在家。妈妈走的时候大约还不到十点吧，可她却已早早地给我做好午饭让我吃了。妈妈坐上三马车对我说，去找伙伴们玩去吧，我下午就回来了。我只是呆呆地望着她们，没有吭声。家里，只剩了我一个人。我呆呆地看着三马车扬起轻轻的尘土消失在了过道尽头，然后又呆呆地看着扬起的尘土慢慢地飘散、落下。望着过道尽头，站了许久，我才慢慢地迈起步子向伙伴家走去……

然而妈妈，下午并没有回来。和伙伴们玩了大半天，我也有些够了，有些想家、想妈妈了，可是妈妈却迟迟不回来，我便只好继续和伙伴们玩。太阳渐渐地西斜了，树的影子越来越长，可是妈妈仍然没有回来。天越来越冷，我的一双小手开始慢慢发红。夕阳渐渐坠入了地平线，伙伴们都要回家了，我远远地看见家门依然无情地紧锁着，便去了离我家最近的那个伙伴家。

天黑下来了。

在伙伴的家里，看着他们一家三代在一起那么快乐、那么温馨，我便不由得更想妈妈了。一种失落和委屈涌上了心头，妈妈，你怎么还不回来呢？你不是说下午就回来了么？伙伴家的炉子上坐着一口大锅，红荧荧的火苗努力地向上长着。热闹的屋子里，我的小小的心却是孤寂的，怎么也融不进他们的欢乐之中。于是，我走到屋门口伏靠在门框上听三马车的声音，如果三马车回来了，妈妈也就回来了。院子里，一棵高大的枣树张开着它那宽广的怀抱，曲曲折折的枣枝上面是宁静的夜空。星星们在深蓝的天幕上闪烁着，弯弯的月亮也从东方轻盈地走了过来。清清的月光下，小小的我眨着一双大大的眼睛呆呆地望着枣树上面的夜空，不知不觉地，眼里泛起了银银的泪光。过了一会儿又一会儿，始终听不到三马车的声音。伙伴家开饭了，鸡蛋卤面条，喷香喷香的。或许他们想我妈妈一会儿就会回来吧，便没有叫我吃。我听着他们美滋滋的吃饭的声音，两颗泪珠从脸上滑落下来……

又默默地等待了许久，我渐渐地困了，于是便伏靠在门框上闭上了眼睛。不知过了多久，朦朦胧胧中，我听到了一串急促的三马车的声音，于是立刻条件反射似的清醒了过来，激动地喊了一声"妈妈回来了！"便向过道里跑去。然而，跑近了去看，却不是妈妈回来了，而是一家邻居串亲戚回来了。看看我的家里，仍然是一片漆黑与寂寥，眼睛似的窗户黑洞洞的。两颗泪珠掉落在了地上，我抽泣起来了，一个人站在月光下哭了起来……

哭了一会儿，妈妈还是没有回来。我用袖子擦擦湿湿的泪眼，又向那个伙伴家走去。月亮偏西了，伙伴也睡了，只有他家的大人在烛光下安闲地说着话。我依然伏靠在门框上看那曲折的枣枝，看那深蓝的夜空，看那静谧的月亮。渐渐地，我又困了，觉得伏靠在门框上太累了，便在屋门口的水泥墩上坐了下来，靠在墙上。渐渐地，便睡去了……

也不知过了多久，睡梦中忽然听到了妈妈那熟悉的声音，这声音很快就从院子里来到了屋里。我睁开眼睛，看见了妈妈，也发觉我正躺在伙伴家的炕上。又望了望妈妈，喉咙立刻难受起来……妈妈抱起我向家里走去，一路上做错了事似的一遍遍地说，三马车坏在了半路上，大家刚刚才回到家，那种安慰的语气使我感到无限地温暖。一路上，我的泪水浸湿了妈妈的肩膀……

如今，这件往事已过去二十多年了，然而我却从来不曾忘记过……

回首往事，往事如酒……

坷垃大战

　　农村孩子的童年生活要比城里孩子的童年生活朴素得多，他们没有昂贵而好玩的玩具，没有那么多好看的连环画，甚至也没有成天讲故事的奶奶、外婆，因为奶奶、外婆也是要下地劳作的。然而，朴素并非无趣，农村孩子的童年生活往往要更为丰富多彩、充满乐趣，因为他们离大自然的距离是那么近，他们充满好奇的眼睛总能不断地从大自然中发现乐趣。大自然就是他们的乐园，大自然中的一切都是他们的玩具。

　　关于童年时的玩具和游戏，我至今难以忘怀的，是小时候和伙伴们经常玩的一种游戏——坷垃大战。

　　所谓坷垃，就是土块。在农村，哪里有土，哪里就有坷垃。大的、小的、软的、硬的，随处可见。我们这帮男孩子因看了几部抗战电视剧、电影，英雄气概油然而生，心里成天想着刀、枪、打仗，痒痒得不得了。可是我们没有玩具刀、玩具枪，大人们又没空给我们削木刀、木枪，因而我们便过不了打仗的瘾，更当不了英雄，心里不免发蔫。忽一日，忘了是哪位伙伴灵感突发，提议用坷垃当士兵来打仗。一呼百应，我们都为他的这个主意激动不已，简单地商议之后便行动起来。

　　我们先在一片树林里选了块平平的硬地作为"战场"，然后四处寻找坷垃。硬的坷垃是"好人"，软的坷垃是"坏蛋"，坏蛋要比好人多得多。不一会，好人集结了几十人，而坏蛋则有上百人。我们一声"开战"，激烈的战斗就打响了。我们一手拿好人一手拿坏蛋在空中碰击，碰不了几下坏蛋就要牺牲一个。那坏蛋先是受伤掉渣，几下便会粉身碎骨，土末飞溅。激战的时候，我们的口中还不停地发出"乒乒乓乓"的刀枪声和受伤、牺牲时的惨叫声，唾沫星子满天飞，个个俨然一个口技演员。大战要持续好大一会才会结束，我们都着实过了一把打仗的瘾。大战的结果，通常是好人胜，坏蛋败。用我们的话说是好人都意志坚强，不怕死，所以一个好人能打死好多的坏蛋。尽管好人最后也损兵折将，但坏蛋却常常是全军覆灭。大战结束后，战场上一片狼藉，死尸遍野，血流成河。没有牺牲的人有好多也负了伤，个个都悲壮得很，我们也都被他们深深地感染着。

上述的战斗应该说算得上一次战役。战争片中，也有好人败的时候。我们打惯了好人胜、坏蛋败的战役，也时常会打一些好人败、坏蛋胜的战役，前进的道路充满曲折嘛！打了这样的战役后我们心里都会很不舒服，可这样的战役又不能不打，因此，战役一结束我们就开始热切盼望着下一次战役的快快到来，好为好人出一下气，伸张一下正义！

这是一个多么有趣的游戏啊！这个有趣的游戏，我们一玩就是好几年！

告别了坷垃大战的游戏后，我们一天天地长大起来，坷垃自然是很少摸了。而现在，我们都来到了城市，有抓焊钳的，有装空调的，有印名片的，而我则成了摸枪、操纵装备的，土坷垃是想摸也很难摸到了。城市里有高楼、有柏油路、有草坪，可哪里有黄土呢？

难忘我们的坷垃大战！

第四辑　血浓于水

母亲，我想为你洗次脚

母亲勤劳，在村里是出了名的；母亲要强，硬是供我们兄妹三人读完了高中。她嫁给父亲时住的是土房，后来她和父亲自己动手挖窑烧砖，才有了属于自己的砖房。黄土地是她生命的底色，她大半辈子都在地里劳作。种粮食，也种棉花和蔬菜。头些年和父亲一起种，后来父亲到县人武部工作，种地的担子就全落在了母亲一人的肩上。母亲几乎长年起早贪黑，常常因此而吃凉饭。近几年母亲的身体状况每况愈下，可每次生了病才休息一两天断了点滴就又上地了。母亲是农民，我是农民的儿子。

小时候我一直是母亲的骄傲。那时我在班里成绩总是名列前茅，乡邻们常对母亲夸我："二小子能考上大学哩！"这时母亲未老先衰的脸上总能浮现出无比欣慰的笑容，在那一刻仿佛所有的疲惫都烟消云散了。那是我所见到的最动人的笑。然而我不争气，上初中后不务正业，以致荒废了学业。上高中后虽醒悟过来，但为时已晚。尽管我早已料到了结果，但高考落榜仍使我失魂落魄了很久。母亲知道我什么话都听不进，因而在我面前从不提这事，只是她那充满安慰与期待的眼神总使我心生怜悯。终于母亲开口了："人活着总有不顺的时候，路还多着哪，这条路不好走，咱再选条路。要不你也当兵吧，到部队再闯一闯。当兵不也能考军校么？"

当军车徐徐开动的时候，忽然不见了母亲的踪影。刚才她一直忍着没掉泪，这时肯定是躲到别处以泪洗面了。我的喉咙霎时间难受到了极点，但却只能努力挤出笑脸向送行的乡邻挥手告别。

然而考军校，我仍是名落孙山。母亲在电话里全是安慰的话，说考不上军校咱争取留队，有的是路。我知道，母亲比我更失落。

去年冬天我患了严重的肺炎，由于误诊，我的病被一拖再拖，终于有一天我晕倒在了哨台上。当我被急救车送到空军总医院救治的时候，我的病情已经发展到了一边吸氧一边打点滴的程度，脆弱的生命危在旦夕。然而我却竭力保密没让母亲知道，因为我一直没有放弃生的希望，我坚信我的病最终能确诊并能治好，我不忍心让母亲承受那般的焦灼与恐惧。待后来我的病情终于渐渐好转后，哥哥把这事告诉了母亲。母亲当时仍是极度害怕，担心得不得了，非要来看我，全家人好说歹说怎么也劝不住。最后我只得骗她说部队的规定不让来探望，她这才渐渐放弃了这个念头。她埋怨了哥哥许久，说那么大的事怎么能瞒着她呢。几个月后我回家探亲，母亲问得最多的还是我的病，看得出来她对此仍是心有余悸。

今春，我的第一首诗歌发表了，紧接着又不断地有文字见报。听哥哥说，我第一次发表诗歌的时候母亲捧着我寄回的样报读了大半响，还不住地自言自语道："孩子有希望，孩子有希望！"我把第一次获得的稿费寄给父亲让他代我给母亲买点营养品，母亲高兴得像过年。她把那箱牛奶放到堂屋桌上，逢人来串门总要提这牛奶的来历，末了还不忘加一句："孩子能写，他作文一直很好呢！"就这样，那箱牛奶直至大半个村子的乡邻都知道了这事她才开始细细品尝。儿子的喜悦在母亲那儿总要翻好几番。儿子看到了一缕希望的阳光，母亲则看到了希望的太阳。哥哥来信说：母亲对你寄予了很大的期望，你一定要好好学习，不断进步，为母亲争光！

也不知现在，母亲的白发又添了多少根。

母亲在黄土地里劳作了大半辈子，那双并不厚实的脚早已变得粗糙不堪。几年前我曾瞥见过那双脚，干瘪、龟裂，就像晒干了的榆树皮，那一刻我敏感的心受了极大的震动。也就是从那一刻起，我产生了为母亲洗脚的想法，且这想法一天比一天强烈起来。是的，母亲，我想为你洗次脚，让你在暖暖的温水中感受儿子这份迟来的爱⋯⋯

母亲的手

　　但凡是女人的手，本来都应该是纤细、柔软、光洁而细腻的吧，"纤纤玉指"便是对女人的手的一个很好的概括。女人存在于这个世界上，其一，繁衍后代是她们的最主要的责任；其二，她们的存在本身便是一种美，便是对这个世界的最美的装点。基于这两点，女人是本不应该承担其他的责任的，创造生活、开创世界的重任应该由男人们去承担。而如果真的能够做到这一点，那么这个世界上的所有的女人的手便都会是纤细、柔软、光洁而细腻的了，每一双女人的手都会散发出无尽的灵气与魅力。然而现实生活中，有多少的女人承担了本不属于她们的责任，因而也使她们本该光洁、细腻的手变得过度的粗糙而沧桑。她们是伟大的女性。世上有多少双这样的手便有多少位伟大的母亲，世上有多少双这样的手便有多少个崇高的灵魂……

　　是的，我的母亲，便是其中的一位女性……

　　我的母亲是一名农村妇女。作为一个农村女孩，又是出生在那样的年代，母亲从童年时代起便承担起了一些家务和农活。而到了少女时代，她所承担的家务和农活甚至已经能抵得上一个大人了。然而，我想这些都不足以消磨掉作为少女的母亲的手的灵气与魅力，因为那毕竟只是一些生活的磨炼。母亲真正地成长为一个女人并完全承担起生活的重担是从她嫁给父亲的那一天开始的。母亲嫁给父亲的时候，家里一贫如洗，只有那几间破旧的土坯房子。那几年，父亲母亲不仅拼命地劳作，还自己挖窑烧砖，最终拥有了属于自己的砖瓦房。与此同时，哥哥和我也先后来到了这个世界上，来到了这个家中。母亲一边要哺育我们一边还要上地劳作，不知付出了多少的辛劳。而随着我们渐渐长大，母亲的担子就更重了，不仅要供我们上学，还要为我们的成家立业做准备。为了使家里的日子能越过越好，父亲母亲后来又承包了别人家的好几亩地，每天早出晚归地辛勤劳作。此外，还在家里养了几头猪几只羊，从地里回来总要驮一些草喂羊，而拌猪食的任务自然就又落到了母亲的肩上。秋冬天农闲的时候，父亲母亲总还要找一些零工来做，以增加一点点家里的收入。而这样下来，一年到头，母亲的手便再也没有了一点的闲暇时光。劳作、烧砖，养育我们，喂猪喂羊，打零工，在经过了那么艰辛的生活的磨炼之后，母亲那双本来充满灵气的手最终变得粗糙、僵硬、沧桑，甚至使人看不出那是一双女人的手。母亲的勤劳在村里是出了名的，甚至要超过全村的男人，而她的那双手，也自然而然地成了全村女人中最沧桑的一双手……

我深深地愧对于母亲，愧对于母亲的那双手。是我，使母亲变得更加苍老，使母亲的手变得更加沧桑。这些年来，我总是很任性，总是不安分于现实，东奔西跑，一次次地拖累了这个家庭，拖累了母亲。而母亲，她没有别的，她只有靠她的那双手来默默地承担起更多的生活的艰辛。她总是那么地任劳任怨，从来没说过半句的怨言。母亲的那双沧桑的手，承受了太多太多……

真正使我意识到母亲的艰辛，意识到母亲的手的沧桑是在前年的春节。那次回到家中，几天后哥哥告诉了我一件事，说深秋的时候母亲去高速公路上打短工，不小心砸伤了左手，中指和无名指骨折了，后来虽然医治好了，但手指活动却非常受限制，而且不能过分用力，差不多就算得上是轻度的残疾了。我听了心里一沉，一股酸楚顿时涌上心头，喉咙极度地难受起来。在我的要求下，母亲将她那双无比沧桑的手展示在了我的眼前。天哪，那是怎样的一双手啊，粗糙、僵硬、龟裂、暗淡、沧桑，没有了一丝的光泽，而那两个受伤的手指，更是透露出一种深深的悲哀。那是我第一次认真地看母亲的手，在那一刻，我向来倔强的灵魂受到了前所未有的震撼。无限的酸楚和愧疚涌上心头，使我再也不敢去正视那一双无比沧桑的手。扭过头去，眼泪再也控制不住地涌出了我的眼眶……

母亲的手，是世上最震撼人心的一尊雕塑，它将永远镌刻在我的心中，我将永远对它怀着最深的敬意……

这几年，远离了故乡，踏上了社会，我常常想起年老的母亲，想起母亲那双无比沧桑的手。我常常想，不管在外面有多苦多难，受了多少委屈，我都要坚强地熬下去、走下去，为了母亲能早日安享晚年，为了母亲那双无比沧桑的手能早日歇下来……

母亲的手，是我人生的一面旗帜……

愿母亲，愿天下所有的母亲都能平安幸福，愿天下所有的母亲的手都能多一些灵气，少一些沧桑，至少不要受伤……

桃花掩映下的母亲

又熬过了一个又冷又长的冬天，迎来了万物复苏的初春。窗外萌动的春意惹人眼、入人心，使人禁不住想到郊外踏青赏春，纵情扑进大自然的怀抱。春意盎然的田野中，最令我动容的是那一树树尽情绽放的桃花。那一抹抹动人的粉红，总能勾起我的一些情愫、一些回忆、一些往事。每每此时，我的脑海中总会浮现出年轻的母亲在桃花下纳鞋底的图景，进而打开我记忆的闸门，把我拉回到我的故乡，我的童年，我家那个大大的院落……

那时，八十年代的乡村宁静恬淡，充满了浓浓的生活气息，八十年代的童年质朴无华，散发着原始的乡土气。一九八四年冬，我出生在冀南平原一个叫郑村的村子里，村庄不大，但很精致，也很美。村后是一条淙淙流淌的小河，村南是一个丰富多彩的大坑，我家就坐落在大坑的东北角上。住在村南，有广阔的田野和深远的大坑，视野开阔。春天能最先发觉春的讯息，夏夜能枕着蛙声入眠，入秋能最先采到坑中的野果，隆冬能欣赏最广阔的雪景。我家的院子极大，是由两个院子合并而成。在我出生的前些年，父亲就在院子里种了十几棵桃树，等我来到这个世界上，桃树们已经长大开始结果了。桃树是我童年时的伙伴，父母留我一个人在家时，我就看桃花、摘桃子、爬桃树，躺在树干上在细碎的阳光下想事或者什么都不想，一待就是半天。因此，与其说我是在农家院子里长大，不如说我是在桃园里长大。桃子成熟的时候，不仅我们家人人可以大饱口福，父母还会送些桃子给邻居们品尝，挑些好果子到集市上售卖。桃树，是我们家美景的创造者和果实的奉献者，已经成为我们家不可或缺的成员。

记忆深处，年轻的母亲在桃花下纳鞋底的图景格外动人，印象格外深刻。那是个暖融融的春日，在外玩耍的我回到家中，走进院子。正是桃花怒放的时节，一院子的桃树开放了所有的花朵，桃树上花团锦簇，如一朵朵彩云挂在枝头，鲜艳、灿烂、辉煌。那一刻，与桃树们朝夕相伴的我第一次如此强烈地感受到了它们的美，被惊艳、被触动、被震惊，久久沉醉其中。等我扭过头来向屋中走去时，才发现母亲正坐在堂屋门口的门墩上晒着太阳纳鞋底。由于太专心，她并没有发觉我。那时母亲还年轻，温暖的阳光透过花瓣投射在母亲脸上，将她白净的面庞映成粉红色，格外地美。她左手拿白白的鞋底，右手捏一根针，一针一针地穿针引线，那么认真，那么投入。每纳过几针，便将针拿到头发上顺一顺以使针头光滑。桃花掩映下的母亲是那么年轻、那么安详、那么美。安静的院落、古朴的房屋、柔和的阳光、美丽的桃花、专心致志纳鞋底的年轻母亲，组成了一幅朴实而又充满生活气息的图景。在这幅图景里，我第一次发现了母亲的美，也在懵懂之中似乎悟出了一点生活的意义和人生的真谛来。

农村母亲的辛苦都是一样的，天下母亲的辛苦都是一样的。要强的母亲操劳了大半辈子，为这个家，为我们兄妹三人付出了所有的心血。如今，她早已不再年轻，褶皱了面容、白了头发、驼了背，可仍然没有离开她劳作了大半生的土地，还时常帮着照顾我们的下一代。虽然手工布鞋早已淡出了我们的生活，可她还是会时常做些针线活。只是她的眼睛已经不大好使，需要老花镜的帮助才行。每当她做针线活时，我常常就会想起年轻的母亲在桃花下纳鞋底的图景。或许她并不记得，但我却无法忘怀。我想，如果当时能用照相机拍下来就好了。可是生活不能重来，人生没有如果。何止于此，母亲年轻时的照片一张也没能留下来。在我的记忆中，母亲曾经有一张小方块的黑白照片。照片上，年轻的母亲留着长辫子，穿着方格子上衣，手撑一把遮阳伞灿烂地笑着。这是我记忆中母亲唯一的一张年轻时的照片。几年前，我想把这张照片扫描一下保存下来，但却不小心遗失了，这使我感到格外愧疚、自责，这是永远无法弥补的缺憾。

　　母亲老了，院子里的桃树没了，我也离开了老家，搬到了城里。小小的村庄依然那么小，我家的院子依然那么大，只是因为时过境迁，有了许多令人伤怀的物是人非。然而，不变的是，母亲的爱永远在那里，桃花掩映下的母亲永远在我心中……

布鞋

布鞋是中国化、乡村化的一个意象，在中国有着悠久的历史。布鞋的纳制有一个不急不躁的程序，性情急躁的人是不容易适应的。布鞋又名千层底儿，因而这主要的功夫就全在这书本儿似的鞋底儿上。纳鞋底儿得先糊被子。被子就是用四五层布糊在一起的厚布，通常用稀玉米糊在案板上糊制，然后拿到太阳底下晾晒。待被子晾晒干时，通常也便剥离案板滑落到了地上。通常的情况下鞋底儿由四层被子纳制而成。将晾晒干的被子按着留下来的纸剪的鞋样儿剪好，然后合起来用粗白线纳在一起，这便成了一双硬邦邦的鞋底儿。最后将黑布鞋面（也叫鞋帮）纳在鞋底儿上，这便成了一双精巧而漂亮的布鞋，成了一件凝结着美与爱的工艺品。这样的布鞋穿起来踏实、舒适、透气，用现在的话来说就是健康、绿色的鞋。而妇女们纳鞋底儿的情景，也是中国乡村所特有的极富生活气息的生活图景，勤劳、安详而温馨。而随着时代的前进，布鞋在乡村也是渐渐地少了，学纳布鞋的姑娘渐渐地少了，纳鞋底儿的情景也渐渐地少了。然而这都是自然而然的事，倒不必勾起我们的失落与伤感。她们不纳鞋底儿了，可是也有了新的事情去做。时代的前进，其实便是这样的一个过程……

小时候家里穷，我便是在这布鞋的陪伴下一天天长大的。布鞋虽朴素，但踏实、舒适、耐磨，是平民百姓们很实用的一种鞋，是他们清贫的生活中的忠实朋友。就在这默默无闻的千层底儿的垫护下，我一步步地走过自己的童年。还记得住校时母亲跑十几里路给我送来新布鞋的情景，从那时起我便明白了这布鞋里也纳着母亲的殷殷的爱，因而穿着它便更觉温暖了。然而随着我一天天长大，从童年步入少年，随着同学们穿着的日益时髦，我便也渐渐开始觉得这布鞋土气了，穿着它，在同学面前总觉得别扭。于是回到家，我便向母亲提出了我少年时代的第一个心愿——买一双运动鞋。母亲听了，微微一笑，没有说话，第二天便捧给了我一双崭新的双星运动鞋。那一刻，我的眼前一亮，激动得大叫一声蹦得老高，一个劲儿地直夸母亲好。而母亲，只是一脸的欣慰的笑。现在我已想不起来那时母亲的眼里是否有着一丝的失落与伤感，只记得我兴奋得马上特地洗了洗脚穿上了那双崭新的运动鞋，然后一蹦三尺高，脚上好像踩了风火轮儿。从那以后，生活中便少见了母亲纳鞋底儿的安详情景。在此之前，母亲其实一直是在为我纳鞋底儿的，小孩子疯劲儿大，穿鞋费，她和父亲一年里是穿不了几双布鞋的。而当我不穿布鞋了，母亲的那手好手艺也便没有什么用武之地了。而她对儿子的殷殷的爱，也少了一个表达的好渠道。对此，我不知道母亲的心里是怎样的一个心理过程。这都是我后来才想到的，那时我可顾不上想这个。

后来，日复一日，年复一年，我的世界又越来越大了，已从少年步入了青年，远离故乡走上了社会，而我脚上的鞋也已由运动鞋、休闲鞋变成了精神、坚硬、锃亮的皮鞋。在社会上走了那么多年，走过了那么多的人情冷暖、世态炎凉，我才开始回望以前，开始思索生活与人生，也才开始对生活与人生有了一些新的感悟与认识。我渐渐地明白，人活在世上，有些东西是变的，而有些东西是不变的，我们生存可能要靠这些变的东西，但真正支撑我们活下去、好好活下去的，却是这些不变的东西，比如亲情、母亲、故乡、童年、梦，等等。而当我明白这些道理的时候，总觉得有些事似乎已经晚了。于是远离故乡的我，便常常在梦中又见母亲安详地纳鞋底儿的情景：母亲坐在桃花盛开的院子里，坐在和煦的阳光下，手戴顶针一针针地用心地纳着鞋底儿，纳几针便把钢针拿到发间捋一捋，然后再去纳那一生也纳不完的千层底儿……

前年年底，我突然有了一个让母亲再为我纳一双布鞋的想法，心想即使不能出门穿，在家穿穿也好啊，而更多的，可能是一种纪念意义吧。然而，当我过年回到家，当我看到母亲那满头的白发与沧桑的双手时，我没忍心把自己的想法告诉母亲。我心里想，母亲为了我、为了这个家操劳了一辈子，我没让她享一天福不说，怎么还能在她年老时残忍地再让她去纳布鞋呢？不能啊，换上谁也不忍心啊……

过完年，我在村头告别母亲和家人，登上公共汽车再一次的离家远行了。母亲和家人渐渐远去，生我养我的村庄渐渐远去，故乡渐渐远去。坐在车窗旁，望着车窗外渐渐远去的故乡的风景，我心想，我虽然没能让母亲再为我纳上一双布鞋，但在我的心里却有着一双布鞋，永远有着一双布鞋，母亲亲手为我纳的布鞋、故乡的布鞋、乡村的布鞋、中国的布鞋，穿着这双布鞋行走在社会与人生的道路上，我永远都不会感到孤单，心里永远都不会感到荒凉，而永远都会感到温暖，心里永远都会充满希望与力量。那时候，春风已经悄悄地来到了故乡的大地上，我推开车窗，一股春风吹在了我的脸上，吹到了我的心中，种在了我的心里……

一件很久很久的往事

那年秋天，我刚学会走路，走起来仍然摇摇晃晃。哥哥比我大两岁，爸妈种地脱不开身，照看我的责任自然落在哥哥肩上。

一天傍晚，哥哥拎着我从外面回到家里。爸妈还没从地里回来，我们就坐在堂屋台阶上等爸妈。等了一会儿，爸妈没有回来；又等了一会儿，爸妈仍没有回来。而在平日，爸妈天一黑就会回来的。这时，圆圆的月亮爬上了树梢，将她那温柔的月光洒在偌大的院子里，洒在我和哥哥的身上。我们都开始想爸妈，想去找爸妈。可我们出去不一会儿爸妈回来了怎么办呢？于是我们就又静静地等着，双手托着下巴，眼睛充满期待地眨着。渐渐地，我就想爸妈想得不行了，我哭了，我要去找爸妈。年幼的哥哥毕竟比我大两岁，他没有哭，也没有说要去找爸妈。他虽然也很想爸妈，也很想去找爸妈，可他知道出去找爸妈家就没人看，我又走不了夜路，他想让我和他继续在家等爸妈，他相信爸妈一定会回到这个家的。

然而我哭得越来越厉害，他最终决定带我去找爸妈。可是我怎么去呢？我本来就走不稳路，路又这么黑，我肯定走几步就摔一跤。这时，懂事的哥哥竟然把家里那辆笨重的排车拉了过来，他要拉着我去地里找爸妈。哥哥把我扶到排车上坐下，然后他就抓起粗大的车把吃力地拉着往前走。哥哥才四岁呀，他个头才刚刚超过车帮，那车子对他来说应该是不可征服的庞然大物。那车多重啊，那车把多粗啊，那路多黑多长啊，哥哥就这样拉着我一步一艰难地往地里走，他肯定走不远就得出满头汗。如果能挎上背带就好了，可他试了，他太小了，挎不上。车子上了公路，路是好走一点了，可他却又多么担心啊，路上那么多的大汽车，万一出了事怎么办啊！他艰难而小心翼翼地走着，兼着劳累和恐惧，那路对他来说真是太长太长了。不知过了多久，我们终于到了我家的白菜地头，爸妈飞也似的跑过来抱住了哥哥，他们万万没有想到哥哥会这样带着我到地里找他们。这下我和哥哥都哭了，但我相信，他哭时的情感肯定要比我复杂得多。

这就是那件很久很久的往事，我永不能忘记的一件往事。如今已长大成人的我在这遥远的都市回想起这件往事，更有一种掉泪的冲动。我想，亲情这东西，确实是世上最纯、最牢也最感人的东西。

也不知道哥哥是否还记得这件往事。

又到中秋

不知不觉地，不知不觉地，中秋节又到了。

这个中秋节我本是可以回家的，然而我没有。我企图想在不知不觉中度过这个中秋节，一是因为离家数千里的遥远，二是因为这里是炎热的南方，中秋节的韵味要比故乡的淡得多，三是因为一堆的闲书。然而我错了，自从昨天中午突然意识到这个中秋节已是我们家第五个不团圆的中秋节后，我就再也没能逃出对故乡、对亲人、对母亲的思念……

我的故乡冀南平原的中秋是很美的。那时秋收刚过，广阔的原野一马平川、一望千里，刚刚收获过的原野露出母亲一般欣慰的笑。天很高很蓝，朵朵雪白的云儿在上面轻轻地浮过。天气已经很凉爽了，凉凉的空气使人感到神清气爽。若是再来一阵轻风，那会使人产生成仙的幻觉的。安详的人们在安详的村庄里准备着节日的饭餐和活动，步子是轻盈的，脸上挂着微微的幸福的笑。若是晚上，那就更美了，中秋节的夜晚是故乡一年中最美的夜晚。当红红的、沉沉的圆月慢慢爬上树梢的时候，哪里有淡淡的月光，哪里就有浓浓的诗意。渐渐地，月亮明了，月光白了，此时，故乡的原野和村庄就像是披上了一层柔柔的轻纱。此时的原野变成了一个银白的世界，放眼望去，像是洒了银粉的大海。村庄里，一座座房屋沐浴着如水的月光，安静地沉浸在节日的氛围里。一棵棵树静默在院子中和街巷里，来一阵轻风便会摇响一树的碎银。不知什么时候，淡淡的香气已在村庄上空缭绕开来，那是从庙里和家家户户的香案上飘过来的。此时，妇人们都正在烛火辉煌的庙里或自家的香案前烧香拜佛，祈祷着新的心愿和幸福……

我们家的中秋节是很快乐、很热闹的。那时候院子里的苹果已经熟了，又甜又脆，每天我们都吃他个够，父母还另外买了许多的水果和食品。中秋节前好几天母亲就蒸好了月饼状或三角状的糖饼，里面包的是极甜极甜的红糖。月饼状的糖饼就是用月饼按的印儿。中秋节的前一天，我和哥哥总会把屋子院子打扫得干干净净，似乎专是为了迎接那明亮的圆月和美丽的月光。而在这所有的中秋节的回忆中，最最难忘的是中秋节的午饭，那是父亲做的红烧肉炖土豆块。这是中秋节那天我们家的团圆饭，也是我们家一年中最可口的一顿饭。这顿饭完全是由父亲一个人做，因为母亲和我们都不会，插不上手。这顿午饭是一项很庞大的工程，父亲一个人要忙上三个多小时才能完成。然而，父亲却做得很快活、很有趣、很认真、很耐心。到开饭的时候，我们兄妹三个都高兴地欢呼雀跃，而口水不知已经流了多少。我们平时是不爱吃甚至是吃不下猪肉的，可父亲做的红烧肉炖土豆块我们却都吃得狼吞虎咽甚至抢着吃，因为那红烧肉做得真是太好吃了，没有一点油腻的感觉。那可口的红烧肉炖土豆块至今让我垂涎欲滴……

中秋节的晚上，我们一家五口会分吃一个圆圆的、甜甜的、象征团圆的月饼……

哥哥当兵前的那个中秋节我们依然是快乐地过，只是吃过团圆饭后父亲对哥哥说了这么一句话：这是你在家里过的最后一个中秋节了。那时，哥哥已确定去当兵了。听了父亲的那句话，我们每个人都沉默了片刻，都深深地眷恋起了那个中秋节。父亲的那句话，真的成为了事实，从那以后到现在这中间的五个中秋节，我们全家没有再团圆过。先是那年年底哥哥当兵去了，两年后哥哥终于退伍回来了我却又穿上了军装。去年年底，我也终于退伍回来了，几个月后在县城里找到份还算不错的工作。按说，我们全家的生活应该是已经稳定下来了，从此以后的中秋节也应该能团圆了。可是我却不安分守己，为了心中的那个遥远的梦，毅然辞掉工作冲破重重阻力到了这遥远的南方城市来求学。可以说，因此，我们家的这个中秋节，又是不团圆的，这已是我们家第五个不团圆的中秋节了。我已经两次拓长了父亲的预言……

178

儿行千里母担忧，亲爱的母亲，我知道您一定会想我的。那么多的庄稼只有您一个人种，您一定很累很累。在这象征团圆的中秋节里，母亲，您一定又要在神佛面前祈求我的平安和全家的幸福团圆了。母亲，您一定又老了许多……

　　这个中秋节，妹妹都从外地赶回了家，而我却没有回去。现在，我是真的后悔了。今天就是中秋节了，故乡一定和以往一样美吧，家里一定和以往一样热闹吧……

　　只要有故乡，只要有亲人，只要有母亲，就永远会有中秋节，就永远会有思念……

　　可是母亲呵，我们家的五个中秋节的不团圆是充实和充满希望的不团圆，这些不团圆里其实孕育着更大、更多、更长久的团圆啊！

　　明年的中秋节，我一定会回家的……

清明书

学礼爷爷：

年年清明，今又清明。每到扫墓祭祖、缅怀先人、慎终追远的时节，我都会想起您、思念您、怀念您，都会生出无限的崇敬之情。虽然我此生并未见过您，但作为家中的第三代军人，我对您的敬重，无时无刻，无以言表。

从小到大，在奶奶和父辈们的讲述中，我一次次重温着您惊险悲壮的抗战故事和波澜壮阔的人生经历。您前半生打仗，后半生工作，干了一辈子革命，把一生献给了党，献给了祖国。

家境贫寒的您，十五岁便参军加入了八路军冀南独立团，成为抗战队伍中的一员。从此，您便跟随部队打起了游击战，与日军、皇协军展开了艰苦卓绝的斗争。您曾参加过解放大名杨桥、解放永年、解放肥乡等战役，立下许多战功，并在部队入了党。其中最惨烈的，就要数解放肥乡战役了，这也是您参加过的最后一场战役。当时，您主动担任先遣队队长，您和队员们是攻城拔寨的第一波力量，是没有打算活着回来的。我不知道战前您在想些什么，有没有写下遗嘱，有没有想到自己的家人，有没有畏惧死亡，但作为队长的您，我相信绝不会有一点退缩的念头的。当天夜里，战斗打响，您带领队员们冒着枪林弹雨将梯子架上城门，视死如归般登梯攻城，誓死要攻下城门，啃下硬骨头，为大队伍进攻杀出一条血路。然而，城门毕竟易守难攻，不少的队员中弹牺牲，您也在密集的炮火中身受重伤，掉下城门，落入城门下的枣枝堆中昏死过去。当时，您左小腿的腿肚子被手榴弹炸开，右大腿和膝盖被子弹打穿，大家都以为您牺牲了。战斗结束后，到了后半夜，您在剧痛中醒来，从长满硬刺的枣枝堆中艰难地爬出来，又流着血爬行了好几里，才爬到了东关村的后方驻地。有气无力的您，只能用头撞门，才使同志救起了您。您被简单救治后住进了病房，当晚那间病房里共有十二名伤员，可第二天早上醒来，就只剩您一个人了，其他十一名伤员，都牺牲了。

经过几个月的救治后，您的伤好了，但却落下了残疾，不适合继续留在部队参加战斗，于是便回到地方继续参加革命工作。当时，您的腿中仍有弹片没有取出，后来就一直留在您的腿里，伴您终生。您先在县基干连任二区中队长，后来又到赵寨乡任民兵连长，负责全乡的民兵工作。再后来，作为郑村唯一的一名共产党员，您在村里积极发展党员，成立了本村的党支部，并任本村历史上的第一任党支部书记。卸任党支部书记后的多年里，您仍然在村里干着一些重要的工作。直到1982年4月，因腿部旧伤感染离世，您才停止了终其一生的革命工作。

您逝世两年多后，我才来到这个世界上。所以今生我从未见过您的真容，而只能从您的照片上瞻仰您，从奶奶和父辈们的讲述中了解您。童年时代，看到别的孩子有爷爷呵护，您不知道我有多羡慕，我多么希望您能在这个世界上，接送我上学、给我讲故事、为我买零食、带我去游玩。后来随着年龄的增长，我懂得了更多的道理，也便更理解您、崇敬您了，心中的遗憾也便释然了。世上没有完美的童年，也没有完美的人生，缺憾是人生永恒的命题。您为国家奉献了一生，我们全家都为您感到骄傲，感到自豪。作为后辈的我们，必将继承您的遗志，传承您的精神，努力做好自己，做好工作，努力做对社会、对国家有用的人，努力过更有意义的人生。

清明又到了，今天，我又一次情不自禁地想起您、思念您、怀念您。在这清明之夜，我只有写下这些文字来寄托我的哀思，表达我的深情，问候天堂中的您。

此致
军礼！

孙儿：永涛

二〇一九年清明

给侄女雨欣

侄女雨欣：

　　叔叔给你写这封信的时候，你还不到两周岁。叔叔不知道你什么时候才能看到这封信，什么时候才能看懂这封信。叔叔给你写这封信，是想对你说几句叔叔认为对你有用的话，是想让叔叔这半辈子的人生经验对你有些用处，让你少走一些弯路，少吃一些苦头，少受一些尴尬。

　　对于你的出世，叔叔多多少少感到一丝的欣慰，至少你出生在一个书香门第，至少你从小就能受到良好的教育，至少你不用经受贫困的折磨。这人世不像书里写得那么美好，不像电影里演的那么完美。你带着哭声单单纯纯地来到这人世上，叔叔真的不想让你经历那么多的人情冷暖、世态炎凉，不想让你经受那么多的痛苦与挫折，更不想让你有风雨飘摇、颠沛多舛的命运。叔叔在这人世上走了半辈子，心里甚至都有点怕了。

　　叔叔心疼你，心疼得都要掉下泪来。那天你在屋子里跟叔叔玩捉迷藏，我从里门进去从外门出来，你从里门进去找不到叔叔，一下子迷茫了，你一个劲儿地叫叔叔。叔叔从门缝里看着你，心疼却又想多待一会儿，想多待一会儿却又万般地心疼。叔叔知道那时你心里的空，你心里的空，叔叔有过，有过许多次。叔叔不想让你再有那样的空，叔叔想让你一辈子都不要有那样的空。

　　叔叔想让你们学文化、做艺术，可后来一想，还是算了，只要走正道，只要你们喜欢，只要不是那么难，做什么都好，做什么叔叔都支持你们。叔叔不想对你们有太大的寄托，不想让你们破釜沉舟地去死创一番事业，这里边的苦，叔叔知道。叔叔只想让你们按照自己的想法去生活，一边奋斗着，一边享受着。将来好好上学，做份体体面面、文文明明的工作，找个实实在在的好人成个家，平平安安过一辈子就是了。名人有名人的苦衷，凡人也有凡人的幸福。有多大的实力，咱定多大的目标，有多少的收获，咱得多少的快乐。别像你叔，让人说咱心强命不强；别像你叔，到如今还在这条路上折腾，想回头，回不了。

　　写了这么多，不知道对你们有没有用。如果不切合自己，则可当作没说。人活着要有自己的想法。一片心意。

叔叔：永涛

二〇〇九年春

第五辑　生活哲思

一畦玉米苗

小时候，我非常贪玩，常常逃学。上小学四年级的那个夏天，我逃学到了姥爷家，一住就是一个星期。姥爷了解我的习性，并没有训我，而是去我家告知了我的母亲，让母亲不要担忧，并劝母亲让我多住几日，玩够了自然会回学校。

那是我时间最长、玩得最痛快的一次逃学经历。姥爷家真是一个丰富多彩的农家大院落，家禽家畜和果树蔬菜几乎样样俱全。作为一个在学校快憋疯的男孩子来说，这里无异于一个趣味无穷的儿童乐园。在家里玩够了，就跟着姥爷到地里转悠，或者去村外大坑里放羊。每天的地点都不一样，每天的玩法都不一样，就像提前放了暑假一般高兴。没过几天，跟姥爷邻居家的孩子也玩熟了，玩的范围也就扩展到了整个村子，几乎每天都是天黑以后才回去。至于上学，早已全然抛到了脑后，真正是"乐不思学"了。

一个清新的早晨，我醒得特别早，走到院子里，看见姥爷正在侍弄他的小菜园。仔细一看，是在给一畦玉米间苗。于是，我便蹲下来看他间苗。过了一会儿，姥爷停下来，坐到地上点上一袋旱烟，深深地吸了几口，然后跟我说起了话。姥爷指着间下的玉米苗说："知道为啥要间苗吗？因为玉米苗太稠了，地有限，都留着，就都长不好。可为啥偏偏要把这些苗间下来呢？就因为它们长得还不够努力，长得还不够好，所以只能把长得好的苗子留下来，把长得不好的苗子间掉。"我呆呆地听他讲农学常识，就像平时听他讲农事一样。姥爷又说："人都说，不要让孩子输在起跑线上。拿到这田里来说，道理是一样的，开始的时候不努力长，就会早早地被处理掉。有的苗子，因为太弱小，刚发芽不久就死了，别说输在起跑线上，它根本就没机会站到起跑线上。"姥爷把他的话一股脑儿说完，就又接着抽他的旱烟，然后有所期待地望着我。我呆呆地看着地边上被间下来的玉米苗，想到自己的逃学，似乎明白了一些道理，也顿时觉得羞愧难当起来。我猛地站起身，对姥爷说："姥爷，吃了饭，你把我送到学校吧，我要上学！"姥爷听了，脸上露出了欣慰的笑容。

从那以后，我再没有逃过学，而且努力把以前落下的课全都补上了，成绩渐渐地挤进了中上等。

在以后的人生道路上，我从没有忘记姥爷的教诲，在学习、工作和生活中从没有偷过懒、逃避过，总是勤勤恳恳、踏踏实实地做事，虽没有惊天动地的辉煌成就，但也留下了足以告慰时光的成果。姥爷的教诲，是他给我的最珍贵的礼物。

如今，姥爷早已离世多年了，但他教会我的道理，却使我受用终生。

奶奶的小菜园

我小的时候，奶奶在院子东南角开辟了一个小菜园，年年种菜。菜园不大，但很丰富，充满了乐趣，我和奶奶都很喜欢这个小菜园。奶奶整天在她的菜园里锄草、松土、浇水，从不感到疲惫。我则找漂亮的蝴蝶捉，捉累了就找熟了的西红柿、黄瓜吃。小菜园是奶奶的宝贝地儿，是我的小乐园。

那年春天，和往年一样，奶奶又种了好几样菜籽儿。没几天，那些黄黄绿绿的苗芽就戴着籽壳破土而出了。有茄子苗儿、黄瓜苗儿、西红柿苗儿，还有辣椒苗儿。等菜苗儿能移栽了，奶奶就开始小心翼翼地把它们往松软的菜畦里移。我想插手，可奶奶怕我把菜苗儿弄伤，只准我在一旁看。

奶奶多小心啊，那认真劲儿真像是在挪动刚出生的婴儿。铲子在离苗根儿四五指远的地方斜铲进去，轻轻一撬，一个湿泥块就端在了铲子上。菜苗儿酥酥地颤着，好像在高兴地跳着舞。奶奶一手抓铲柄一手护泥块慢慢走到菜畦里，把铲子小心地放到苗坑儿里，然后一只手压住泥块将铲子抽出，接着再在苗根儿旁护上干土，这才再去移另一棵菜苗儿。奶奶很耐心，也很高兴。

最后该移栽辣椒苗儿了。移了几棵后我忽然发现，奶奶跟大人们不一样，不是专挑好苗儿移栽，而是把所有的菜苗儿都移栽了。整个小菜园里菜苗儿高的高低的低，绿的绿黄的黄。我忍不住问奶奶：

"奶奶，人家都是挑好苗儿栽，长得不好的就扔了，你咋都栽了呀？"

正在给辣椒苗儿培土的奶奶笑了笑说：

"这苗儿呀，我看都好！"

"可有的苗儿又小又黄，结不了果儿呀！"

奶奶停下手里的活儿，看着她刚栽好的那棵弱黄的辣椒苗儿说：

"嗐，苗儿都是苗儿。这都是我亲手种的，虽说有的长得不好，可我舍不得扔，那可是一棵棵活生生的菜苗儿啊！"

"可它们不结果儿，种了也白种！"

"不，哪能这么说呢！有的苗儿是长得不好，又小又黄，可能真的结不出果儿，可当我把它们也栽下后，心里就有说不出的高兴。那苗儿都想长，我栽了它们，给了它们一个机会，它们肯定在心里感谢我呢！"

奶奶说着又露出了慈祥的笑。

我呆呆地想着奶奶的话。这时奶奶又笑着对我说：

"人要是心眼儿好，多做善事，心里就能高兴，你说是不是呀？"

我也笑了：

"是！"

我又赶紧对奶奶说：

"奶奶，让我也学栽苗儿吧，这样我也能高兴啦！"

"好！"

奶奶呵呵地笑起来。

于是在阳光沐浴下的小菜园里，我和奶奶一块栽起了辣椒苗儿。

一棵小丝瓜

那年春天，奶奶又在南墙根种了一溜儿丝瓜。没几天，那嫩绿的苗芽就戴着黑黑的籽壳拱破了土皮，像刚出生的婴儿一般很是招人喜欢。又过了几天，张开的芽瓣儿间吐出了嫩叶，在春日阳光的亲吻下努力地伸张着。可我忽然发现，它们中间有一棵丝瓜苗儿长得很不好，到现在只有它没有吐叶，而且两个芽瓣儿还稍稍发黄。但是，它好像仍是在努力地生长着，虽然可怜但不气馁。奶奶正在给丝瓜苗儿架竹竿儿，我指着那棵丝瓜苗儿问奶奶：

"奶奶，这棵苗儿用不用拔了补种啊？"

奶奶好像这才发现那棵丝瓜苗儿长得又小又黄，跟不上其他的丝瓜苗儿。她放下怀里的竹竿儿，走过来蹲在那棵丝瓜苗儿旁仔细地看着，满眼的慈爱。看了一会儿她说：

"呦，这苗儿长得是不太好。不过没啥，刚出土嘛，慢慢就会撵上好苗儿的，你看它正向着太阳使劲儿长呢！"

奶奶给这棵丝瓜苗儿也架上了竹竿儿。

可是过了好些日子，那棵丝瓜苗儿还是没赶上其他的苗儿，而且差距越来越大了。那些长得好的丝瓜苗儿已长一尺多高了，绿油油的很壮实，可它却又矮又细又黄又弱，好像一碰就要折了似的。如果再不补种，就真的要晚了。可奶奶仍没有补种的意思，只是每天浇水时都要怜悯地看一会儿那棵丝瓜苗儿，满眼的慈爱和鼓励。我也天天跑过去看那棵丝瓜苗儿，看它又长了多高，可它却依然长得那么慢。终于长到了一尺高，可其他的丝瓜都长三尺来高了。我有些失望，对奶奶说：

"奶奶，那棵丝瓜跟不上了，是不是该拔了呀？"

奶奶沉默了片刻，低下头看着那棵小丝瓜说：

"不能拔！它长不好，可你看它长得多用劲儿呀，它在不停地向着太阳长呢！只要向着太阳不停地长，它就是一棵好丝瓜，它就是我心里的……英雄！"

奶奶眼里闪着碎碎的泪光。

"你怎么了奶奶？"

"啊……没事，我只是想起点事……"

奶奶用干枯的手掌抹了抹眼角笑着对我说：

"走，咱们去抬水浇丝瓜！"

"嗯！"

我也笑了，跟着奶奶向水井旁走去。

几天后的一个早晨我又去看丝瓜，可一到那儿却被惊呆了——那棵小丝瓜的根部断开了，伤口处溢出了晶莹的液汁，叶子也破了好些洞，伤痕累累的，像是被鸡啄的。看看其他的丝瓜，都好好的。我边往奶奶屋里跑边叫着：

"奶奶，丝瓜被鸡啄死了，丝瓜被鸡啄死了！"

奶奶几乎小跑着出了屋门来到了南墙根下。她看着那棵小丝瓜呆住了，久久地不说话。温柔的晨光轻轻抚摸着小丝瓜的伤口，溢出的液汁银光闪闪，像是泪，更像是血。

许久，奶奶才哽咽着说：

"我们一块去把小丝瓜埋了……"

奶奶小心地把那棵小丝瓜从竹竿儿上绕下来，然后找了把小铁锹向院门外的沙土坑走去。我一直默默地跟着奶奶。

在净净的沙坡上，奶奶选了块阳光普照的地方挖起了小坑。一边挖还一边自言自语似的说着：

"不管怎么说，这是一棵好丝瓜，这是一棵好丝瓜……"

爷爷的燕子

从我记事起，家里的屋檐下就一直住着一窝燕子。每到深秋，燕子们就会唱着恋歌飞向南方，到第二年万木吐绿的时候又会结伴而来，开始新一年的生活。家里又有了燕子的舞姿和鸣唱，全家人都高兴得不行。燕子是我们家的朋友。

和燕子最亲密的是爷爷。屋前有一棵垂柳，爷爷最喜欢在垂柳下坐着藤椅歇息、抽旱烟。这时候，常常会有一只燕子在爷爷头上鸣叫着盘旋几圈后落到爷爷肩头。燕子站稳后就会扭头看看爷爷，有时还会故意啄一下爷爷的肩膀。过一会，燕子就会放松下来，低着头耷拉着尾巴闭目养神。这时候爷爷可高兴了，总是眯着眼睛笑，有时还笑着冲我炫耀，好像燕子是他的一样。我看着羡慕得不得了，总想让燕子落到我肩上，甚至想抓一只燕子，于是就搬了小木凳坐在爷爷旁边等燕子。可几天过去了，燕子总不往我肩上落。我急了，问爷爷：

"爷爷，燕子咋不往我身上落呀？"

爷爷呵呵地笑着说：

"你是不是想抓燕子啊？"

"不是！"

但爷爷显然看出了我在撒谎，对我说道：

"只要你是真心想和燕子交朋友而不是想抓它，它肯定会落到你肩上，你再等等吧！"

可我等了好几晌，燕子还是不往我肩上落。我不得不对爷爷坦言说：

"爷爷，我是想抓燕子，可我装着不抓它们，和你一样，看不出来呀！"

爷爷打胜仗似的哈哈笑起来：

"我说你想抓吧你还说不是，这次说实话了吧！"

"可我和你一样，看不出来呀！"

这时，爷爷不笑了，他看着远处意味深长地说道：

"燕子也跟人一样，有灵性。你要是心诚，它就会信任你，以真心换真心和你交朋友。你要是心不诚，想抓它，它肯定能感觉到，所以才会远远地躲着你，你骗不了燕子。你要是真心想和燕子交朋友，它一定会落到你肩上的！"

爷爷沉默了一会又说：

"我这一辈子，最重要的经验就是以诚待人。以真心换真心，别人就会信任你，就会真心对你好。你长大后到了外面，可要记住这句话呦！"

"嗯……"

我按爷爷说的，诚心诚意坐在那儿等燕子。当天傍晚，一只小燕子就"扑扑"地落到了我的肩头。

许多年过去了，爷爷早已离开了人世，而我则已成了一个大人。这些年来，我一直记着爷爷的话，一直按爷爷的教导为人行事。尽管有时也难免吃点小亏，但获得更多的却是人心的真诚。以诚待人已成了我性格中的一部分，它会伴随我在人生的道路上一直走下去……

心中有个神

五岁那年我跟着奶奶住了很长一段日子。

奶奶是村里庙上的主管，对于神的信奉近于痴狂，常年没日没夜地待在庙里。睡过觉，到庙里，到吃饭时再回去；吃过饭，去庙里，到睡觉时才回家。我是奶奶的影儿，她到哪儿我就跟到哪儿。

有一天，我突然问奶奶：

"奶奶，你怎么天天往这儿跑呀？"

"因为这里有神呀！"

"为什么这儿有神你就往这儿跑呀？"

"因为神在我心里，我心里有个神！"

"哦……"

猛然间我又有了疑问：

"那神是什么呀？"

"神呀，神……就是世上最好的。心里有了神，人就能活得很快活很快活。你看我，多快活呀！"

"那我能有神吗？"

"能呀，只要你把神记在心里，你就有神了！"

我久久地仰望着奶奶指的那个神像，不一会就感到自己心里也有了神。我好高兴呀，心想，从今以后，我心里也有神了，我也能像奶奶那样快活了！

从此，神就在我的心里扎下了根。

后来，我上了学。再后来，我从课本里知道了奶奶心里有神是迷信，我们不能信神，心里不能有神。

我的心被搅乱了。

我问年轻的李老师：

"老师，我还能有神吗？"

李老师温和地说：

"当然不能了！你已经长大了，学了知识就不能再信神了！"

"可奶奶她们都信神，我也一直信神。现在我心里没神了，就感觉什么都没了。"

一听"奶奶"，李老师立刻明白了我的心事。她微笑着对我说：

"我们虽然从心里赶跑了神，但我们可以有梦呀！"

"梦？"

"对，梦。你要是希望什么，你就把它装在心里，那你就有梦了！有了梦，人就能活得很幸福！"

在李老师的帮助下，我终于找到了属于自己的梦。空落了好一阵子的心，又有了强固的支撑。

再后来，这个梦就长成了我的理想。

我想，谁心里没有自己的"神"呢？神虽然离开了我的心，但"神"没有，而且永远也不会离开。谁也是这样。

朋友，你心里的神是什么呢？

算命先生

在我们邻村，原来曾有一位算命先生，五十多岁。不仅算命，也看风水。据说，这位先生算得很是灵验。名气大，架子自然也大起来，算卦上门求，看风水登门请，而且还得管接管送。可就是如此神通广大的一位算命先生，却在去年夏天给人看风水的路途中突遇车祸，命丧黄泉。

人们都说，他给别人算了一辈子的卦，却没有把自己的日子算好。

后记 愿在故乡的大地上放歌

一九八四年的一个冬夜，我降生在故乡冀南平原一个叫郑村的小村庄。从此，在祖祖辈辈生活的黄土地上，在小小的村庄里，我渐渐开始了自己的童年、自己的人生。故乡的风土人情，故乡人的勤劳、朴实和善良，给了我认知世界、面对人生的角度，构成了我生命最基本的底色。这底色，后来从未消退过、改变过。而且童年时期镌刻在我心底的那个村庄的格局和轮廓，也成为我后来读书、创作的主要情境选择。故乡的印迹，已经永远无法从我的生命中抹杀了。

这些认识和体会，是在我长大离开故乡之后才有的。参军入伍、外地求学、漂泊异乡的经历，使我远离了故乡，给了我回望故乡、认识故乡、体味故乡的机会，也使记忆中的故乡带了怀旧和审美的味道。同时，也使经历过人情世故和世态炎凉的我最终明白，有些东西可以随着时间改变，有些东西却永远不会改变，也不应该改变。于是从小酷爱文学的我，拿起笔开始在纸上述说故乡的风物和浓浓的人情味。故乡，成了我主要的创作源泉，也成了我笔名"土生"的缘起。在对故乡的书写中，我努力从对风物的描写中体味生活的趣味和意义，从对小人物命运的记述中触动人的悲悯情怀，从对童年往事的回忆中重温生命初期最纯粹的快乐，从对亲情的感念中致敬亘古不变的主题，从对乡村日常的体察中感悟生活的道理。

在我多年的创作中，体裁有散文、有诗歌，也有其他，题材有乡土、有军旅，也有其他，但以乡土散文创作为主。现将乡土散文收于一集，算是对故乡的一个交代，也是对自己的一个总结，给自己一个新的起点。有些早年的散文十分稚嫩，也收入其中，诚惶诚恐，让各位见笑了。

我始终认为，一个真正的作家，一个有责任感的文人，应该不断提高自己的创作水准，并且坚守信仰，担当道义，以一颗纯净的心，为文学、为人类精神世界的建构做出自己不懈的努力。我虽然做得还不够好，但我一直在朝着这个方向努力。

在我追求文学的道路上，也得到了许多人的支持和帮助。除了家人外，还要感谢许多人，如李书平、赵阳、赵志民、凌仕江、张保存、韩冬红、刘东昕、赵媛媛、张志青、郭虹、李晓玲、毕怀领、张怿忻、葛超众、郭玉民、张帅奇、李海涛、马红卫、殷现宗、兰丰、郝占波、乔艳平、田保卫、乔利峰等等，不再一一列举。

故乡，是我心中的一片净土，是我灵魂的永久归宿，也是我创作的永恒主题。我愿永远在故乡的大地上放歌，用我瘦弱的文字书写我广阔的心灵。

郑永涛

二○二○年七月九日